卓越而幸福的管理者

周 正 著

Lijie. Zhang

北京大学出版社
PEKING UNIVERSITY PRESS

图书在版编目（CIP）数据

卓越而幸福的管理者/周正等著. —北京：北京大学出版社，2008.9

（管理心理学系列）

ISBN 978-7-301-14020-8

Ⅰ. 卓…　Ⅱ. 周…　Ⅲ. 管理心理学　Ⅳ. C93-05

中国版本图书馆 CIP 数据核字（2008）第 097820 号

书　　　　名：**卓越而幸福的管理者**

著作责任者：周正　Lijie. Zhang　著
责 任 编 辑：张可
标 准 书 号：ISBN 978-7-301-14020-8 ／F · 1997
出 版 发 行：北京大学出版社
地　　　　址：北京市海淀区中关村成府路 205 号　　100871
网　　　　址：http://www. pup. cn
电　　　　话：邮购部 62752015　　发行部 62750672
　　　　　　　编辑部 82893506　　出版部 62754962
电 子 邮 箱：tbcbooks@ vip. 163. com
印 　刷 　者：北京富生印刷厂
经 　销 　者：新华书店
　　　　　　　787 毫米×1092 毫米　16 开本　12. 25 印张　135 千字
　　　　　　　2008 年 9 月第 1 版第 1 次印刷
定　　　　价：32. 00 元

前 言
Foreword

在中国历史上，诸葛亮被公认为是一位出色的管理者，许多政治家、企业家都在研究、学习、模仿这位深谋远虑的领导。但是，我们必须要明确这样一个事实，那就是诸葛亮所在的蜀国是三国中最早灭亡的，诸葛亮本人也"出师未捷身先死"。这样的人生应该说是很失败的，而我们一直在欣赏、崇拜的其实是这样一个失败的人。

当然，诸葛亮的才华出众、智慧过人、学识渊博、忠心耿耿、勤奋自律……这些美德让后人看着看着就落入了圈套，开始膜拜他，学习他鞠躬尽瘁，死而后已的精神。许多管理者每天事无巨细亲自过问，把自己弄得筋疲力尽，却无暇顾及企业宏观上的战略问题，这样企业怎么能长治久安？管理者个人怎么会有幸福可言？

很多企业家对自己的企业不满，总觉得利润太少、管理混乱、人心不古、资金流不充裕……心理学家对这些病症的诊断是：物为心之外化，也就是说企业所有的外在表象都是企业家内心想法向外的折射。所有的问题都只是表象，根源在于企业家本人，在于管理层本身。所有的问题，都是由管理者的人格衍生出来的，有些甚至是夸张地衍生出来的，所以连管理者自己都觉得不满意。

华尔街有句名言：碰上一个倒霉蛋，远离他至少 50 米。卓越而幸福的管理者，立足于人性，立足于结果。这本书就是要告诉管理者：不要模仿失败者，哪怕是下意识的，不管他做了多少惊人的事情，不管他表现得多么高尚。

什么样的人才是卓越而幸福的管理者呢？《大学》中给出了答案：心正、修身、齐家、治国、平天下。也就是说，卓越而幸福首先要从自己做起，所谓厚积薄发，要有健康的体魄和渊博的学识，还要家庭幸福、妻贤子孝，在这两个条件的基础上才能够使企业昌盛、员工和谐。本书将要帮您完成的正是这样的成功轨迹。

管理心理学的意义是在同等的人力、物力、财力的条件下使效益倍增。有句话叫"心正才能品良"。本书的根本就是告诉管理者要让自己"心正"，而"心正"的标志是：有序、良性。具有良性人格的人能将 90% 的矛盾冲突和缺陷劣势化为良好的结果，这样才能效益倍增。

没有一个企业家不想自己的企业长治久安、蓬勃发展。所有的企业家都是爱企业的，但是只爱是没有用的。我提倡的是："爱与技巧同等重要"。因而，管理者必须懂技巧，必须有规则，并且是被实践检验过的规则，千万不要去盲目"首创"。

列夫·托尔斯泰说过：幸福的家庭都相似，不幸的家庭却各有各的不幸。所有的卓越而幸福的管理者都是相似的，都有共通的法则，本书要与读者分享的正是这些共通的法则。

周正　Lijie. Zhang

2008 年 7 月

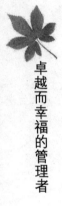

卓越而幸福的管理者

目　录
Contents

第二章 | 培养幸福思维

卓越而幸福的管理者

第三章 | 修炼管理智慧

第一章　塑造魅力人格

什么是人格？人格，就是做人的格局、做人的格式。借用IT语言来表达的话，你拥有什么样的人格就说明你是被什么样的文化格式化的。

如果被一种消极没落的文化格式化，你的人生就会在灰暗里艰难前行，而且遇到困难很容易一蹶不振，有这样人格的领导，不但自己不能有所成就，不能够生活幸福，他的企业和员工也没有成就和幸福可言。

如果是被一种积极的文化格式化的，那么在你的一生中就有了"成功、健康、幸福"的思路，你的世界就是光明的，你的企业员工和你本人都会是卓越而幸福的。

无限魅力靠人格

　　说到《三国演义》，许多人首先想到的都是诸葛亮，因为诸葛亮不仅聪明绝顶，善于运用智谋，而且他鞠躬尽瘁，死而后已，这是我们现在许多企业家用来鞭策自己的信条。因为一直以来，我们的民族都很崇尚智慧和计谋，追求运筹帷幄，决胜千里的境界，我们的领导者都克勤克俭、兢兢业业。我们的企业管理者也不例外，他们中的大部分人都殚精竭虑，苦心经营，然而到头来，中国中小企业的平均寿命却只有 3~4 年。这是为什么呢？

　　诸葛亮所在的蜀国是魏蜀吴三国中最早灭亡的，而诸葛亮最终既没有助刘备父子成就霸业，自己也失去了健康的体魄。没有成就感，没有健康的身体，诸葛亮的人生可以说是很不幸的。

　　心理学是一门研究幸福的学问，它并不像其他的学科那样追求真理，心理学追求的是人的幸福，以心理学理论为依托的管理学所要阐释的是以人生幸福为目的成功方法。所以，虽然诸葛亮身上有很多值得现代人借鉴的优秀品质，但是他活得并不幸福，从管理心理学的角度来看，他根本不足为现代企业领导者效法。

◎ 冰山一角——事业成功只是十分之一

　　我们先来看一看奥地利心理学家弗洛伊德曾经提出的关于人格结构的冰山图，如图1-1所示：

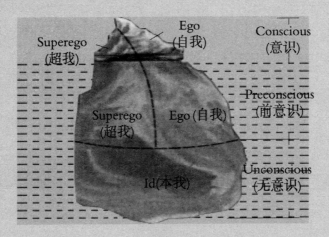

图1-1　人格结构的冰山图

　　"本我"，即图中冰山最下层的Id部分，它是人的本能，是一种生物冲动，是人的原始力量的来源。它属于无意识（Unconscious）的范围，不受理性、道德、法律和各种社会习惯的约束，按照快感原则，满足人的原始本能的需要。

　　"自我"，即图中冰山的一角"Ego"，这是人格结构的表层。它是现实化了的本能。人在社会环境的影响下，逐渐懂得只有在某种条件下才能顺利地满足"本我"

的要求，于是形成了"自我"。"自我"能够控制"本我"，以免本能肆无忌惮，造成对社会和他人的危害。弗洛伊德认为"本我"代表不可遏制的欲念，"自我"代表理智和深谋远虑。

"超我"，即图中所示的冰山的另一角"Superego"，这是道德化了的"自我"。它是人格结构中的最重要部分。"本我"所遵循的是快感原则，"自我"遵循现实原则，而"超我"所遵循的是道德原则。"超我"包括两个方面：一方面是通常所谓的"良心"，另一方面是"自我理想"。儿童在社会环境的影响下，特别是在父母的影响下，不仅发展了"自我"，而且逐步有了明辨是非的道德观念。父母的人格和代代相传的社会道德就构成了儿童成年以后人格中的"超我"。

如图1-1所示，"自我"和"超我"都各有一部分属于前意识（Preconscious）的范畴，另一部分属于意识（Conscious）范畴。

几乎所有人都在积极地追求事业成功，追求事业的成功应该属于图中露出水面的那个"冰山的一角"，因为这是人的有意识的行为。如图1-1中所表示的，冰山露出水面的部分只占整个冰山体积的十分之一，其余的十分之九都是在水面以下的，所以事业成功仅仅是人生成功的十分之一，而对于人生更重要的是冰山在水下的那十分之九，相对于事业成功而言，这不为人所见的"十分之九"代表身体健康和家庭幸福。

正如冰山图中所表示的，身体健康和家庭幸福是事业成功的根基，是支撑生命的"十分之九"。现在有许多人，为了干事业不顾一切，功成名就时身体却垮掉了，那么此时金钱和地位对他来说又有什么意义呢？还有

智者言

心理学家为人们提供的三个人生关键词是：身体健康、家庭幸福、事业成功。

一些人有钱又有地位，身体也不差，但是家庭关系总是处理不好，跟爱人、跟孩子总是处在冷战状态，这样的人也不能算是真正意义上的成功，因为没有人能与他分享成功的喜悦。

所以，为什么我们说不能学习诸葛亮呢？因为他虽然有智谋，但是事业上并没有取得最终的成功，而且，纵然是鞠躬尽瘁，死而后已，也仅仅只能是传为后世美谈而已，就人的生命的意义来看，我们很难把拥有这种生命质量的人叫做成功者。

第一章 智造魅力人格

◉ 聪明不重要——追随成功者

想要成功，首先就应该明确哪些人是成功者，自己应该朝着哪个方向努力才能到达成功的彼岸。在你的生命中应该有一种成功的文化，这种文化不只是挂在嘴上的，应该是内化为潜意识。有了这种潜意识中的成功文化，你就会下意识地只与成功者做朋友，只看成功者的著作，只接受成功者的言论。

前面已经说过，诸葛亮并非一个成功者，但是仍有许多人以诸葛亮为榜样，这是为什么呢？因为诸葛亮聪明，有知识、有文化、有计谋，上通天文、下晓地理，前五百年后五百年无一算不到。人们总以为追求成功就是要追求聪明才智，追求计谋手段。心理学研究得出的结论表明智力并不是成功最重要的影响因素，成功要素的重要性排名依次为：目标、胸怀、勇气、毅力，然后

卓越而幸福的管理者

才是智力。"聪不聪明"只排在第五位。目前，许多人却把应该排在第五位的东西放在了第一位，本末倒置，要成功自然很困难。

一个企业能够生存三年、五年，说明它确实有市场、有资金、有技术，那为什么后来又没落了呢？许多企业的没落是因为他们一直崇尚的是一种失败的企业文化，是一种失败者的哲学。因为在他们的文化当中有一种诸葛亮式的悲剧性、壮烈性。

所以，一个人也好，一个企业也罢，都应该远离失败者，远离失败的文化，对没落的东西一定要杜绝，要积极追求成功的文化。

◉ 不为自己找借口——成功说明一切

诸葛亮那么聪明，为什么最终会失败？许多人都会说因为诸葛亮天时不利。一次失利是天时不利，那么，屡屡失利还是天时不利的问题吗？

诸葛亮每次失利时的理由都很充分：为什么出祁山没有成功？因为皇帝身边有一个太监进谗言坏我的好事。第二次为什么没有成功？因为粮草没有跟上。第三次为什么又没有成功呢？因为司马懿挡住了渭河……六出祁山都没成功，那还是别人的缘故吗？所以说诸葛亮就是这样，从来不说自己不行，而总说是时运不济，地势不利，总之都是客观原因，一点主观的因素都没有，把自己的责任推卸得一干二净。请大家记住：想要成功的人永远不要为自己找借口。

失败者的借口是最可怜的。任何一个人在追求人生胜局时，必然会遭遇挫折。从挫折中汲取教训，是迈向成功的踏脚石。真正的失败是犯了错误却未能及时从中汲取有益的经验教训。把每一个"失败"先生拿来跟"平凡"先生以及"成功"先生相比，你会发现，他们各方面（包括年龄、能力、社会背景等）都很可能相似，只有一个例外，就是遭遇挫折时的反应不同。当"失败"先生跌倒时，就无法爬起来了，他只会躺在地上骂个没完。"平凡"先生会跪在地上，准备伺机逃跑，以免再次受到打击。但是，"成功"先生的反应跟他们不同。他被打倒后会立即反弹起来，同时会汲取这个宝贵的经验，继续往前冲刺。马上停止诅咒命运吧，因为诅咒命运的人永远得不到他想要的任何东西！

拿破仑·希尔说过："千万不要把失败的责任推给你的命运，要仔细研究失败的实例。如果你失败了，那么继续学习吧。可能是你的修养或火候还不够的缘故。你要知道，世上有无数人，一辈子浑浑噩噩、碌碌无为，他们对自己一生平庸的解释不外乎'运气不好'、'命运坎坷'、'好运未到'。这些人仍然像小孩那样不成熟，他们只想得到别人的同情，没有一点主见和斗志。由于他们一直想不通这一点，才一直找不到使他们变得更伟大、更坚强的机会。"

现在有许多企业经营者也总是在为自己找借口。企业原本业绩很好，但是近一段时期遇到了瓶颈，于是老板和中层领导就开始为自己找借口："沃尔玛

智者言

成者为王，败者为寇，永远如此，无需解释，成功说明一切。

进来了，我们的市场被抢去一大半"，"最近公司结构调整，需要一段磨合期"。而卓越的领导者永远不会找借口，企业的效益

下滑了就是下滑了，而不要说"因为最近来了新人"，"最近换了新产品"……人不应该为自己找借口，企业的管理者应该在心中树立这样的观念：借口是毒药。在企业的员工中也应该建设这样一种不为自己找借口的企业文化。

● 且行且珍惜——握住手中拥有

一个想要成功的人一定不能为自己找借口，更不能怨天尤人。但是，人在失败之后，应该总结一下原因，然而人们常常弄不清楚原因与借口之间的区别，常常把借口当做原因，这就很容易导致下一次的失败。原因和借口之间的区别究竟是什么呢？用一句话来概括就是：原因是你目前手中拥有的东西，借口是你不能够控制的东西。为自己找借口的人都不能珍视手中所拥有的，从来没有从自身拥有的东西中分析自己的优势和劣势，反而一味地强调客观。

成功的要诀之一就是重视现在，活在当下。如果作为企业的高层或中层管理者，你不重视你的下属，你的员工为企业做的每一件事情，你都觉得是理所当然的，而且总是吹毛求疵，那么你早晚会失去他们。如果你的下属的工作做得比你好，你就觉得对你构成威胁，你就排挤他、打压他，那么你很可能连目前的职位都会保不住。那种不是崇敬成功者，而是害怕成功者的管理文化，是管理者人格不完整的表现。如果你的下属做得比你好，他的卓越才能充分展示出来了，这个时候你唯一要做的就是崇敬他、欣赏他、鼓励他。能有这种气度，说明你作为管理者的人格是完整的，那么你绝对不会一直处于中层领导的位置上，你将来

卓越而幸福的管理者

是可以做老总的。

有许多人都不珍视自己手中拥有的。举个最简单的例子，许多人在上大学的时候觉得自己的学校很差劲："咱们学校真是太差了，跟清华、北大没法比！"常常把这样的话挂在嘴边上。但是，你

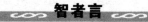
仔细想想，现实的情况是你没有考上清华、北大，那么目前清华、北大对你来说就是遥不可及的，它们再好，与你也没有关系，你所在的学校给你提供了深造的机会，你不应该因为没能去清华、北大读书而感到自卑，而应该为能够在目前的学校上学感到自豪，你目前拥有的对你才有意义，能够握在手中的才是幸福。

一个人，要想把未来的事情做好，首先得面对现实。要敢于面对现实、要敢于睁开眼睛。所有的成功者，都懂得重视现在、重视身边的人，都善于团结身边的人。

诚用权谋——立人才能立己

如果一个人设定了自己的目标，但他在向目标迈进的过程中损害了别人的利益，那么他会不会成功？不会！要成功就一定要记住做人做事都不要使用阴谋诡计，这样做最终会害人害己。一个人要想成功，必须时刻要求自己，自始至终言而有信，敢作敢当，永远不要要花招、害别人。

所谓害人之心不可有，防人之心不可无。我们必须要有起码的识人能力，有所防备，不要让想要陷害我们的人阴谋得逞。但

是，自己不要骗别人，更不要去伤害别人。那么，在特定条件下，欺骗的手段可不可以用呢？可以，但前提是不伤害别人，最好是于人于己都有好处。骗，只是一种手段，重要的是结果。有好的结果，骗就是一种好的手段；如果骗的结果是有人受到伤害，那么这种骗就是罪恶的。只要有好结果，就是守信。守信与其说是对别人负责，不如说是对自己负责。因为如果不守信，伤害了别人，你自己的内心也会非常不安，这会直接影响你的幸福指数。所以，守信是为自己守的，不守信就是对自己的一种放任。

所有的成功者，都不会去伤害别人，他们总是处处维护别人的利益。靠伤害别人获得的"成功"不是真正的成功。所谓的"德才兼备"，就是说成功的人不但有杰出的才能，更应该有高尚的德行，不做伤害别人的事情。

情境重现

诸葛亮在六出祁山期间，司马懿手下有个叫郑文的人来诈降，想与魏军里应外合。他到诸葛亮面前说："我现在反对魏国，很欣赏您的智慧，您上通天文下晓地理，我很崇拜您，现在想要来投靠您！"诸葛亮说："拉出去斩了，肯定是诈降！"属下人说："丞相，说不定他不是来诈降的，是真心诚意想要归附咱们呢，应该先试试他！"于是诸葛亮对郑文说："这样吧，你先去把现在引兵在寨外的魏将秦朗杀了吧！如果你能杀了他，我就不怀疑你了！"郑文为了使诸葛亮不怀疑自己马上答应下来。

诸葛亮出营观战，见郑文只一回合就将秦朗斩于马下，便知其中有诈。回营以后，诸葛亮笑着对郑文说："别以为我不知道你是来诈降的，居然跟我耍花招，赶快老实交代！不然我立刻杀了你！"郑文听了心中一颤，把诈降的事情都交代了，哭着求诸葛亮饶他一命。诸葛亮当着全军将领的面对郑文说："看在你坦白交代的分上，你再帮我办一件事，我就饶你不死，事成之后立刻放你！你把司马懿给我诓出来！"郑文无奈之下只好应允，给司马懿修书一封，谎称已经得到了诸葛亮的信任，让司马懿派兵来接应。司马懿果然上当了，诸葛亮打胜了一仗，得了很多战利品，全军欢庆。接下来诸葛亮说："把姓郑的带上来！"郑文被押到帐前，诸葛亮对他说："你个小毛贼居然想骗我，不过最终还是上了我的当了！拉出去斩了他！"

———※———

诸葛亮以伤害别人来成就自己，言而无信，这种有些咄咄逼人的作风实在聪颖有余而厚德不足。

所谓"立人立己"的立，不是利益的利，而是站立的立、树立的立。千万不能做踩着别人往上爬的事情。踩着别人爬上去你可以立一时，但是立不了一世，立不到最后。

智者言

做生意、做管理，一定要让别人站住了，自己才能站得住。

● 强者的原则——对弱者守信

我们生活中会面对许多言而无信的人，有的人经常抱怨为什么对方说到做不到？为什么他不能按时完成任务？其实，只要仔细观察一下就会发现，说这话的人本身就是一个不守信的人。一个人如果对别人不讲信用，别人怎么会对他讲信用？反之，如果他对别人讲信用，就会受到别人诚信的对待，所以，守信是为自己守的。

常常有人问我："周教授，我家孩子不听话怎么办？"我觉得这个时候你就该检视一下自身，是不是自己本身就不讲信用，不能以身作则，所以孩子才不听话。我们来假设一个场景，看看在你的生活中是否能找到这样的影子。

情境重现

儿子："爸爸，咱们星期六去打球吧？"

爸爸："好。"

到了星期六，孩子给爸爸打电话："爸，你在哪儿呢？"

爸爸："在公司！"

儿子："干什么呢？"

爸爸："开会！"

儿子："不是说好星期六一起打球吗！"

爸爸："我说星期六就星期六了？玩的事情你记得

挺清楚！做作业咋没见你这么用心过啊！"

孩子听了心里会想：噢，这个世界，原来都是这样的！自己说话不算话，还可以拿着不是当理说，来教训别人！

过了几天，爸爸问儿子："星期天把作业做完了吗？"

儿子："我没有做完。"

爸爸："为什么不做完？"

儿子："我打球去了。"

爸爸："为什么去打球？"

儿子："因为周六你没带我去。"

……

我们许多人，在不知不觉当中，在某些细枝末节的小事情上，已经给了别人一个感觉：这个人不讲信用。所以别人自然也不会对你讲信用。

智者言

当强势守信的时候，弱势必定会守信。因为弱势者没有不守信的理由。

所有的人都是一样的，只要你尊重他，对他言而有信，同时你又比他强势，那么他一定尊重你，一定也会对你言而有信。

◉ 小灰鹅认亲——不重名利重亲情

心理实验

奥地利的动物心理学家洛伦兹曾经做过一个实验：小灰鹅生下来以后，把母灰鹅带走，然后实验者站在它们面前，带领它们向前走。过了一段时间，大概36个小时以后，再把母灰鹅带回来，这时候小灰鹅已经不认识母灰鹅了，它们不像其他小灰鹅一样跟着妈妈走，它们只知道跟着它们一生下来就看到的那个人，这个人就是心理学家洛伦兹。洛伦兹去游泳，小鹅都跟着他去游泳。他把头埋到水里，小鹅都过来啄他的头发。这是因为在小灰鹅成长的关键期，也就是认亲阶段，洛伦兹扮演了它们母亲的角色，所以小灰鹅只知道把洛伦兹当成妈妈。

人类在成长的过程中同样也有"关键期"，而且不只有一个关键期，同时我们的关键期会持续得更长，而不是像小灰鹅一样只有36个小时。儿童成长的很多阶段，都需要家长的呵护和支持，这对孩子今后的身心健康发展具有十分重要的意义。有研究表明，认亲阶段得到的来自父母的感情支持多的孩子，长大以后罹患高血压、心脏病和忧郁症的比例要远远低于其他儿童。从这个角度讲，你的孩子、你的家庭比你的事业不知道重要多少倍。

在英国，对孩子的照顾更加提前，不是从孩子出生才开始的，而是提前到男女双方决定结婚的时候。比如说一对情侣决定结婚，他们去登记的时候，负责为他们办理婚姻登记的部门会先发给他们一张试卷，回答得好才可以登记。英国的结婚登记考试内容有两条：一是关于教育子女的考试，二是双方要签一个君子协定，这个协定没有法律意义，就是双方表决心要白头到老。当然有些人会说不就是签字吗，签了算不算数到时再说。但是英国人不敢这样做，因为他们认为有神灵在天上看着他们，他们必须通过了这些考试才能结婚。

心理学家的研究表明一个孩子的认亲阶段，是他最初的心灵成长阶段，对他们的一生至关重要。所以说，在孩子的认亲阶段千万不能把孩子交给保姆带，你需要在这个时期跟孩子打下亲子关系的基础，之后你们之间的感情才能够一帆风顺。现在有很多企业老总跟我抱怨说自己管不了自己的孩子，亲子关系很紧张。那你就要检讨自己，不一定都是孩子的问题。你在他的认亲阶段或者其他身心成长的重要阶段是不是缺席了？

情境重现

中央电视台第一次请我做节目的时候，我答应了他们。可当他们告诉我具体的录制时间时我发现那天正是我的儿子中考的日子，考场离我们家很远，我得接送他。儿子平时考试成绩不错，但是遇到大考的时候容易紧张，他一直都想在这次关键的考试中发挥出正常的水平。而我与央视也是第一次合作，我该做何选择？

可能会有一些企业老总说："去央视啊，这样的机会千载难逢啊！再说，如果不去，言而无信，你拒绝了人家，人家以后就不给你机会了。接送孩子的事情，找司机不就行了。"

而我知道了时间有冲突以后，马上跟央视节目负责人打电话说："很对不起，我儿子那天中考，我得去陪他。真是抱歉！"央视那位负责人说："让别人陪着他不行吗？"我对他说："你也是做心理节目的，咱们都知道亲情的意义，如果在这个最关键的时刻舍弃儿子去电视台录节目，去追求自己的事业，那不单单是言而无信的问题，而且是自私自利，极其不负责任，这样的人你们愿意与他合作吗？"

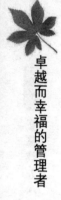

智者言

企业是第二位的，家庭、孩子是第一位的，一个企业只有建立了这种文化观，这个企业才能长久，因为从上至下的幸福指数都很高，投入工作的时候没有任何牵挂。

当人们真正勇敢地去维护人性的时候，就会得到尊重，而且会让别人刮目相看。我们对爱人好，对孩子好，都是我们应尽的责任，我们也在这个过程中收获幸福，我们不能因为懦弱，不能因为浮躁，丢掉人的最宝贵的东西。

请大家记住一句话：世界不是身在何处，而是心在何处。物为心之外化，就是说你的生活和工作状态其实都是你内心状态的体现，你的企业是什么样子，业绩怎么样，表面上看是物质层面的现象，实际上是你内心向外投射的结果。

诸葛亮的病态管理人格

诸葛亮足智多谋，而诸葛亮所在的蜀国是三国中最早被灭掉的，作为一国的丞相、领导者，诸葛亮无疑是个失败的人。

诸葛亮最后吐血而亡，是劳累过度、思虑过度而致。诸葛亮作为领导人，犯了一个大忌：凡是每天都亲力亲为，操劳过度的管理者最终都是不会成功的。只有事业辉煌、身心健康、生活幸福的企业管理者才能够被称为真正的成功者。

那么，作为领导人，诸葛亮失败在什么地方呢？我认为，主要是他人格上的缺陷。在这一章里，通过分析诸葛亮的人格缺陷，我们可以归纳出成功领导的健全人格应该具备的要素，从而进一步提炼出卓越而幸福的领导者应该拥有怎样的人格魅力。

◉ 选拔人才的标准——"七观"

为什么说诸葛亮是病态人格的代表呢？我们需要从他做的事情来分析。

诸葛亮从开始做蜀国的丞相到五十三岁去世，没有为蜀国提拔过一员大将，很少有人为此指责过他，因为大家对诸葛亮都很崇拜，而崇拜会导致盲目和有意无意地"为尊者讳"。但是，千

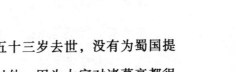

秋大业，以人为本，要有人才梯队的建设和储备，诸葛亮一生没有为蜀国提拔一员上将，这就像相当于国家的总理、军队的统帅，终生没有提拔过下属，这是很罕见的领导者行为。说到底，这是诸葛亮作为管理者人格上的一种缺陷。

美国管理学家德鲁克在《卓有成效的管理者》一书中提出"用人之长，容人之短"的原则。他认为，世无完人，也无全才，每个人都有所长、有所短。有突出才干的人，缺点往往也比较明显。作为一个管理者，应该用人所长，不能总是看下属的短处。一个组织的管理者如果苛求于人，总希望能够找到"没有短处"的人来工作，那么，这个组织必然会平平庸庸，做不出大成绩。容人之短，并不是不需要知道部下的缺点，只是不要斤斤计较，求全责备，而应该着重看他们的长处，使组织成员合理分工，密切配合，最大限度地发挥组织的潜能。

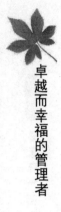

我们可以通过分析诸葛亮与曹操在用人原则上的案例，来比较两者在管理人格上的差异。首先看诸葛亮选拔人才的原则，就是所谓的"七观"：

问以是非而观其志；

穷以辞辩而观其变；

咨以计谋而观其识；

告之以祸难而观其勇；

醉之以酒而观其性；

临之以利而观其廉；

期之以事而观其信。

观其志、观其变、观其识、观其勇、观其性、观其廉、观其信，这就是所谓的"七观"。诸葛亮提出的这七个方面，几乎涵盖人的所有品行，一个人哪怕只在一方面稍有欠缺，也不会被诸葛亮选中任用。诸葛亮曾经说过：不是我不用人，而是因为没有一个人够条件。现在我们有些企业家，仍然以诸葛亮的"七观"作为他们选拔任用人才的标准。用这样全才的标准去选人，当然难以选到合适的人才，如此也只好发出这样的感叹了：没有靠得住的下属，身边总是缺少得力的帮手。

而曹操就不同了，我们来看一个故事。

情境重现

一天，一伙山贼来投靠曹操。如果是诸葛亮未必能容，然而曹操见了山贼首领却说："你就是我的樊哙啊！"当天就封他为都尉。这个人就是许褚，人称"虎痴"。

后来，有一次曹操与吕布开战。最后曹操眼看就要被打败，这时许褚在江上摇来一只小船，用两腿夹着舵，一只手摇桨，一只手举着马鞍保护曹操，把曹操救过江去。过江以后，许褚身上的重铠像刺猬一样，中了数十箭。

许褚和曹操两个人达到了什么样的默契程度呢？曹操一直让许褚做卫士。有一段时间，曹操让他回家休息，看看妻子孩子，许褚于是就回家去了。就在这个时候有人想要行刺曹操，他们把刀藏在衣服里，准备进入曹操帐中行刺。许褚在家里总觉得心中不安，心想：不对劲儿，会不会有事？我得回去看看主公。刺客刚进到大帐，还没来得及行刺，就见许褚也进到帐中，于是神色慌张、两股战战，许褚见状上前一把将其擒住。

曹操死后不久，许褚也病逝了，这也许就是他对曹操知遇之恩的报答吧。相反，诸葛亮身边就没有这样愿意为他肝脑涂地的人。

因此，如果以"七观"为依据来选拔人才，你会发现天下无才可用。这么苛刻的条件，貌似严谨，实际上却是空中楼阁、水中明月。相比之下，曹操的人才选拔原则比诸葛高明得多：士有偏短，庸可废乎？唯才是举。

曹操也有招聘启事——《求贤令》，他在《求贤令》中明确阐述了自己的用人原则和对人才的渴望：

自古受命及中兴之君，曷尝不得贤人君子与之共治天下者乎！及其得贤也，曾不出闾巷，岂幸相遇哉？上之人不求之耳。今天下尚未定，此特求贤之急时也。"孟公绰为赵、魏老则优，不可以为滕、薛大夫"。若必廉士而后可用，则齐桓其何以霸世！今天下得无有被褐怀玉而钓于渭滨者乎？又得无盗嫂受金而未遇无知者乎？二三子其佐我明扬仄陋，唯才是举，吾得而用之。

这段的意思是说：自古以来开国和中兴的君主，哪一个不是因为得到了有才能的人和他共同治理国家的呢？他们往往不出街巷就能够得到人才，这难道是他们偶尔碰到的吗？不！只是执政的人去认真访求罢了！当今天下还未平定，这正是特别需要访求人才的时刻。孟公绰做赵、魏两国的臣子做得非常优秀，却不能胜任像滕、薛那样小国的大夫。如果一定要找到所谓的廉洁之士才可以任用，那么齐桓公怎能称霸于世？如今天下难道就没有身穿粗布衣服而有真才干的，像姜子牙那样在渭水边钓鱼的人吗？难道没有像陈平那样蒙受"盗嫂受金"的污名而还未遇到魏无知的人吗？你们应该帮助我发现那些地位低下而被埋没的人才，只要是人才就可以举荐出来，让我能够任用他们。

曹操说了，每一个人都有自己的特点和想法，因为你看不惯他的某一方面，就弃之不用吗？那是不行的，要"唯才是举"。做企业家、做管理者一定要有这种胸怀，不计前嫌，只要有才华就可以为我所用。

◉ 不讲功劳讲奉献——不尊重下属的需求

图1-2是马斯洛提出的人的需要层次理论示意图。马斯洛认为，人的第一需要就是生理需要，它是人的一切需要的基础，包括衣、食、住、行、性，只有这些需要得到了满足，人才会产生更高层次的需要。第二层级的需要是安全需要，第三层级是归属和爱的需要，第四层级是被尊重的需要。在这四个层级的需要都得到满足的之后，人才会有认识和理解外部世界的需要，才会有审美和自我实现的需要。

图1-2 马斯洛需要层级图

诸葛亮选拔人才的标准——"七观"中，完全没有考虑人的最基本的需求。在工作的过程中，诸葛亮把图1-2中最下面的，也是人的最基础的三种需求都忽略掉了：安全感他不考虑；金钱和感情他也不提，就只是一味地鞠躬尽瘁。他这一套极端的用人理论，我们现在的很多企业家也深受影响，就是总是对员工们说："不要老想着钱！不要想着谈恋爱！要好好工作！要乐于奉献！"所有这样的老板，都不是真正的好老板。一个老板，如果一味地要求员工讲奉献，那就说明你的企业离没落不远了。企业就是要赚钱的，员工来工作就是要挣钱的，不要动不动就拿奉献做幌子，慈善机构才是讲奉献的地方，你怎么能让企业员工为你奉献呢？

智者言

不对员工说奉献，只对员工说赚钱。

◉ 一言堂——只爱面子不认成功

诸葛亮极端自尊。当年关云长出发去打长沙之前，张飞攻下了武陵，赵云攻下了桂阳，攻这两座城之前，张飞和赵云都给诸葛亮立了军令状，都是诸葛亮分派的将领和士兵。关羽出发前诸葛亮对他说："你这次去要多带些人，长沙太守韩玄手下有一员大将黄忠勇猛非常，虽然已经六十多岁了，却仍然叱咤疆场，无人能敌。所以你要多带一些人马去。"关羽说："我不用！一个老匹夫有什么可怕，我只带五百人，就能取下他的人头。"关羽不听诸葛亮的，诸葛亮的自尊受到了伤害。

关羽去了，果然没打下来。诸葛亮很高兴，觉得他的预言太准确了。但是这个时候突然出现一个人——魏延，他杀了长沙太守韩玄，献城。两军正在打仗，对方内乱，有人叛变，杀了主将投诚。兵不血刃，就降伏了敌军，应该不应该高兴？全军上下都高兴，刘备笑得合不拢嘴，得了黄忠，得了魏延，还得到了一座长沙城！还有军马粮草，高兴得不得了。可是诸葛亮却极为恼火，因为把他"攻不下这座城"的预言给破坏了。诸葛亮对刘备说："主公，这样不对啊！我发现一个问题。魏延这次献了一座城，这座城连关羽都没打下来。他脑

第一章 塑造魅力人格

25

后有反骨，久后必反！"

　　诸葛亮这个人不承认成功的事实，不承认事情的结果，只关注自己的自尊心是不是受了伤害。蜀国之所以能成气候，是因为刘备有胸怀，他对诸葛亮说："怎么能这么说呢？眼下我们正是用人之际，一个人立下了这么大的功劳，你把他杀了，以后谁还敢来投我？"刘备很清醒。诸葛亮被当场驳回，当着那么多人的面，诸葛亮丢了面子，于是说了一句："魏延你如果胆敢有异心，我一定杀了你！"可是，魏延一辈子都没有反。结果诸葛亮只能说："我死了以后，他必反！"看得出来，他仍在维持他的自尊心。

* * *

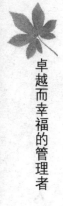

　　在这种领导手下，再有能力、再有功劳的人也别想有所成就，一开始他就把你限定死了。这样的领导刚愎自用，只希望所有人都来配合他的表演，不管你心中怎么想的，都一定要听他的话，不然他一定会找机会来整治你。这种领导会严重阻碍企业的进步。

智者言

　　不要为了自我表现而不顾大局，说一不二的领导不一定是好领导，能屈能伸的领导才是好领导。

　　我们现在的一些企业家就是这样，一言堂。我是老总，我说过了这个事情就得这么办，至于我说的对不对，我说的对企业的发展是不是真有好处我不管，只要我说了算就行。这就是同诸葛亮一样的病态管理人格。

◎ 锦囊妙计——怕别人超过自己的把戏

我们讲人际，人际就是人和我的关系、主体和客体的关系。而诸葛亮是全主体，无客体。大家都清楚诸葛亮非常喜欢用"锦囊妙计"。

赵云是大家公认的智勇双全的武将，赵云出去打仗，诸葛亮说："赵云，给你三个锦囊，走到路上遇到河时打开一个，过了河你再打开第二个，碰见敌人你再打开第三个。"诸葛亮手下所有的武将去作战之前都要先来听诸葛亮把一切都部署好，给他们发锦囊。打个比方说，这就像现在的空军团长准备带兵作战，司令说："来，给你们发锦囊。飞到一万米高空打开一个，遇到敌机打开一个，开火以后再打开一个。"这样打仗，打胜了也没什么可骄傲的，打败了更没什么稀奇。诸葛亮就是这样全用己，不用人。

那么，曹操又是怎样管理手下武将的呢？在打仗之前他一般都会说："赶紧拿地图来，你们每个人都说说怎么打？"

所以，如果第二天要打仗，曹操手下的每个人都要积极地想计策，想攻略。而诸葛亮这边的将军们都早早地回军帐休息去了，没有人去主动思考、去计划。

因为他们知道：丞相已经把一切都安排好了，明天出发之前，丞相会发锦囊。只要是按照锦囊去做，打败了也没关系；如果自己想办法，按照自己的思路做，弄不好还要被杀头。

大家应该记住这样一个事实：比如说曹操的能力是100，他手下的人平均每人只能做到60，曹操手下有1000员大将，1000乘以60是多少？60000！曹操深深明白这个道理，所以放心让手下帮他做事。而诸葛亮呢就不一样，他始终觉得他的手下是一帮笨家伙，只有靠他一个人的智慧才能成大事。灯、鞋、牛马这样细微的事情，他都亲力亲为。他一个人的能力就算有1000，也就只是1000。而曹操很清楚：我知道我比我的下属强，可是我不能说，一说他就不敢做了。他做到60，我就让他做60。一个人60，1000个人就有60000。你诸葛亮能力再强，不也就只有1000，我这里有60000，你怎么敌得过我？

食少事烦——早亡之兆

众所周知，诸葛亮三更眠，五更起，鞠躬尽瘁，死而后已。那么他一天只睡四个小时是为了什么呢？因为全国上下，凡是打二十棍以上的刑罚都要从成都送到五仗原、送到祁山，由他亲批。这就相当于如今凡是派出所要拘留一个人都得公安部长亲批，这实在是一种效率极低的办公系统，在这个系统中只有一个人能做主，那就是诸葛亮。

情境重现

诸葛亮手下有一个主簿，叫杨颙。有一天，杨颙看诸葛亮实在是太操劳，忍不住对他说："您是一国丞相，像校对簿书这样的小事和棍打二十这样的小惩罚，都是应该是更下一层的官员要管的事情，您不应该亲自去

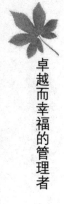

卓越而幸福的管理者

管。而且，从成都送过来的文件要一个月才能到这里。被罚打二十棍这样的人，当时教训了他能够知错而改，过了一两个月，他连当时犯了什么错误可能都记不清了，再惩罚他还有什么意义呢？可能还会起到相反的效果。这样的事情不应该您来办的。"这里杨颙之言其实道出了现代管理的科学理念，就是作为上司的为与不为。高明的上司应该善于授权，让所有人各司其职，整个系统自主运转，他要做的就是协调和控制。

而诸葛亮的回答却是："吾非不知，恐他人不及我尽心也。"也就是说，难道我不知道这些权限都是下一级官吏的吗？但是那些人都不如我对工作尽心尽力啊！

诸葛亮让人钦佩还因为他不仅智谋过人，而且精通机械，是个发明家，他发明过连弓弩、木牛流马、孔明灯和孔明履。

有一年，蜀国粮草运输跟不上，诸葛亮问明原因后，开始想办法。一国丞相、三军元帅，置军机大事于不顾，去设计交通工具，设计出来以后，下边的人怎么敢不用？这确实是一种负责任的精神，但他负的并非自己的分内之责。作为领导者，如果事必躬亲，不分大事小事，那势必会让一些无关痛痒的小事牵扯了过多的精力，这样既不利于企业的发展，也不利于领导者自身的健康。

假设曹操那边粮草运输跟不上，他会怎样？他会问："谁能运粮草？"传令三军，找出能运粮草的人。一个将军站出来说："我过去是贩马的，是西北的马贩子，做过大盗，我能运！"曹操说："好，你去运吧！"

所以，诸葛亮的团队中只有他一个人操心，他信不过任何人，所有事只有自己处理才放心，当然耗费心血，这样做领导必然短命，更谈不上幸福。从能力上看，诸葛亮是出类拔萃的，但是从领导角色上看，他是失职的，从生命质量上看，他的人生甚至算不上圆满。

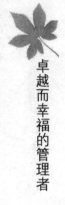

诸葛亮是一个领导人格有严重缺陷的人，他太看重自己，看重自己的能力、名声，而忽略了组织的建构；他内心甚至反感别人的卓越表现，喜欢任用驯服听话的下属；他甚至为了验证自己预测的正确，不惜拿军务大事犯险；他自律甚严，治下更苛，让人没有太大的空间施展，致使良将能力萎缩，强吏唯其马首是瞻，组织战斗力衰减。诸葛亮像一个演员，当他把聚光灯都投在自己身上时，组织就变成了一台笨重的围绕他一个人运转的机器，而他又有充分的道德优越以抵御来自各方的怀疑。这样能力超强、人格不完善的领导，对任何组织而言其贡献都小于他带来的灾难，他的光芒越亮，对他人的误导就越严重。

智者言

"一言堂"的组织中，每个人都消极怠工，因为心中知道努力也是徒劳。

我说诸葛亮的失败，在于他角色感的失判，在于他人格修炼的不足。他能力超卓，但具体能力不是对一个领导的根本要求，企业家和经理人尤当以此为诫，摒弃舍本逐末的花哨追求，修炼丰满的管理人格。

李世民的丰满管理人格

在中国历史上，李世民是最成功的管理者之一。作为现代的企业家，企业的管理者，需要以李世民为楷模。可以说，李世民是我们现代企业管理者首先应该学习的对象，而诸葛亮则是我们首先要摒弃的人。

那么，李世民和他带领的团队具有哪些成功的素质呢？

◉ 自与吉会——不信"祥瑞"

◎ 不信"祥瑞"

现在有许多经营企业、做企业管理的人，都喜欢戴个吉祥符、配个平安锁。这些东西有没有用？

一个人总去求神拜佛来保佑他的企业，说明了什么？说明他的企业目前有问题，或者说他担心自己的企业会出问题。一个人总是找人算命，说明什么？说明要么他目前运气不好，总不能成事儿；要么，他做了亏心事，想知道怎样才能让自己不要遭到报应。李世民在其一生中看透了这一点，他是坚决反对占卜的，因为他觉得人们占卜算卦，其实是为了推卸自己的责任。凡事都有前因后果，占卜、求佛是解决不了问题的。

李世民刚刚做皇帝的时候，有人跟他说："皇上，您一当政啊，天上就出现了彩虹。"现在许多的企业老总都喜欢听这样的"美言"。那么李世民怎样回答的呢？他说："近来大臣们多次上表，向我报告我做皇帝以来这些祥瑞的事情。其实，只要百姓家中富足，即使没有祥瑞事件，也不影响我像尧、舜一样万古流芳；而如果百姓的生活困苦，即使总有祥瑞的事物出现，我也会像桀、纣一样遭人唾弃。"

做企业老总也要像李世民那样，有没有祥瑞的事件，有没有美言不重要，重要的是员工有没有获得高回报，生活水平有没有改善，有没有成就感和归属感。如果你关心的是这样的问题，你的员工就会对企业忠诚，你的企业也一定会兴旺发达。

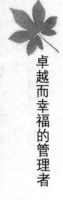

◎ **自与吉会**

—— 情境重现 ——

李世民的皇太子长大了，专司礼仪祭祀的官员向李世民上奏，说太子应该加冠①了，而且吉日应该选在二月。

李世民听了以后，说："二月是春耕的时候，全国最忙，不要放在二月，还是十月再举行吧！"（上曰：

———————

① 一般古代男子以十六岁为加冠之年，也就是年满十五周岁，进入十六岁的第一个生日，举行加冠礼。我国古代极为重视加冠礼，认为加冠礼是一个人成年的标志。

"东作方兴，宜改用十月。"）可是太子少傅萧瑀说：
"按照阴阳历上的说法，二月举行加冠礼是最吉利的
了。"李世民却说："吉凶祸福在于人的行为。动不动就
依仗什么阴阳、什么吉日，而自己行为上却不顾礼仪廉
耻，怎么可能获得吉祥呢？只要你按照正理行事，行为
得当、适中、合理，自然就有吉祥，根本不用顾忌什么
阴阳历。"

现在很多人都崇尚什么吉日，什么良辰。很多人不但婚丧嫁
娶要选吉日，就连搬家也要选黄道吉日，常常因为要选吉日，而
耽误了许多本应该关心的事情。

李世民的话值得铭记："循正而行，自与吉会。"

◎做好自己

西突厥一直以来都不断在唐朝的边疆滋扰生事，为此许多大
臣向李世民呈奏章："突厥的部族都散落在咱们周围，应该安抚
他们，一来可以让我们边境的子民不再受到骚扰，二来可以显出
我大唐的大国风范。"李世民于是下诏，任命凉州都督李大亮为
西北安抚大使，在碛口囤积粮食，让到这里来的少数民族的人们
可以从大唐获取粮食。这样就能够安抚他们，使他们不再骚扰大
唐的边境。

李大亮接到命令，当即就上书给李世民："皇上，你让我把
粮食都运到外面去给这些边塞的少数民族吃实在是不妥当啊！因
为自古想要使边疆没有纷扰，必须先要把近处的事情处理好。咱

33

们中原如同一棵树的树根，而周围的那些少数民族如同枝叶，如今用中原的粮食来养活少数民族的人，就好比是拔掉树根来养活枝叶，这样怎么能行呢？我考察了秦汉以来至隋朝的这方面历史，凡是倾力供养少数民族的朝代，最终都弄得很惨淡。如今开始安抚西突厥，只见花费很多，但却看不到什么收益。而且边疆的汉人一直都生活在战乱中，现在好不容易突厥衰弱了，他们刚刚才能够开始耕种土地，却又要上交供给西突厥的粮食，人民的生活一定会困苦不堪。应该马上停止这样的安抚。西突厥的土地都是沙漠，他们部族的首领都喜欢自立为王，希望大唐能够把他们当作臣下。为今之计可以给他们封号，让他们在塞外生活，成为咱们大唐的藩国，这样的做法才是对他们施以名义上的恩惠而使大唐得到实实在在的好处啊！"太宗听了觉得很有道理，照着做了。

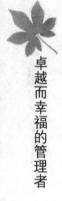

卓越而幸福的管理者

不管是领导还是普通的员工，都应该首先把自己的事情做好，让自己生活好。实际上，如果所有人都把自己的事情做好了，所有的人都把自己的生活搞好了，自己都得到幸福了，也就没有人需要帮助了。但是，假如每个人都先去帮助别人，而自己的事情还没有处理好，这样不但帮助不了别人，还可能给别人添麻烦。一个人的生活包括什么？最主要的就是他的家庭。如果连与自己的爱人和孩子的关系都处理不好，又怎么能够处理好公司的大小事务，怎么能够把生意做好？

◎ 以人为本

有一年，有大臣上奏，要求修筑长城，以防备突厥进攻。李世民觉得不妥。因为他认为隋炀帝修长城，以防备突厥的进攻，劳役几十万百姓，最后毫无用处。李世民的原话是："隋炀帝劳百姓筑长城以备突厥，卒无所益。"他认为徒有长城不能抵挡四夷的侵扰。

李世民的一个臣子——并州大都督李世勣，这个人在并州执政十六年，把那里治理得井井有条，而且无论是汉族人还是少数民族的人都能够遵章守纪，社会治安相当好。李世民觉得费尽气力修筑的长城还不及李世勣一个人的力量大，只要把这样有能力的人放在边疆，边疆的少数民族就能够跟中原的人民相安无事，共享太平了。李世民由此得出的结论是安抚四夷，抵挡外来的侵略不能光靠器物上的攻防，不是修建一个长城在那儿就一劳永逸了，真正的安宁要靠人来实现，只有人才能使边境安宁。

很多人都会讲，管理学要以人为本，但是一到具体的事情上，却又都做不到了。征服人心要比防人侵犯更重要。有的时候你越是想要把别人拒之门外，别人就越是觉得你懦弱，就越是想找你的问题。所以说，作为企业的领导一定不能向竞争对手表现出懦弱，要集中企业的优势资源与之竞争到底，而不是简单地划清界限，分割市场。

许多企业把办公大楼修建得十分壮观，中高层领导开的车都是进口名车，但却忽略了真正能够保证企业运转和发展的人的因素。真正以人为本的老板应

智者言

员工富足满意才能为公司全心全意地付出，这样才是企业的"祥瑞"。所谓"循正而行，自与吉会"。

该关注的是企业引进了多少人才，这些人才的生活工作状况怎么样，怎样才能让这些人也跟自己一样早日住上大房子，开上名车，有个幸福的家，这样的企业才能称之为"壮观"。

◎ 告密者杀头——杜绝猜忌

◎ 杜绝猜忌

猜忌是领导者的致命弱点，所谓用人不疑，疑人不用，不猜忌的领导才能得人心，才能做好事，用好人。

唐太宗李世民曾让李靖教授侯君集兵法。一天，侯君集对太宗说："皇上，我觉得李靖要谋反。"太宗问他："你为什么认为你的老师李靖会谋反呢？"侯君集说："李靖教我兵法，只教给我粗浅的内容，而把精华的部分都藏起来，没有教给我最好的部分，所以我认为他有异心，可能是要谋反。"

过了几天，太宗把这些话告诉了李靖。李靖说："我的确只教给他一部分兵法，没有将所有的兵法都传授给他。因为在皇上的统治下，国内早已平定，现在只有四周的少数民族可能会来进攻。不需要用进攻的兵法，而只需要用防御的兵法。而侯君集非要我教中原作战的兵法，这说明侯君集可能要谋反。"

其实，不只李靖一个人对太宗说过，很多人都向太宗说过侯君集准备谋反，李世民怎么说呢？李世民首先

卓越而幸福的管理者

做了解释："侯君集有才气，能做成事。我已经给了他很高的官职了。你们可以说他要谋反，可他还没有谋反。怎么可以随便猜忌呢？"那些人又说了："那您等他反了，不就晚了？"李世民说："我不会怕别人谋反的，要是不能平定他们，我还能当得了一国之君吗？"

李世民不怕别人谋反，因为不怕，所以不猜忌下面的人会谋反。这样的人每天都能睡得安安稳稳，不会挖空心思、耗尽心血去监视周围哪一个人有异心，这样的领导一定能够健康长寿。李世民是一个标准的、典型的身心健康者、事业成功者。

◎慎用权力

对待反对者的态度能够体现出一个领导的气度和修养，李世民对待反对者的态度也说明他是一个真真正正的王者。

有一次，唐太宗李世民到刑部视察，发现一个囚犯很特别，这个人之所以被抓不是因为作奸犯科，而是因为他在自己的脖子上刻了一个"胜"，胜利的胜字，并且声称"我要取胜于天下"。

他要取胜于天下，得到天下，这显然是要谋反，地方官就把他抓了起来。跟李世民一起视察的官员对他说："皇上，这个人要谋反，他说他要得到天下！而且，脖子上都刻了胜利的'胜'字。"这可是确凿的，这种事情如果发生在清朝会怎么样？这个人肯定是要被杀头的。可是李世民知道了以后，他的反应大大出乎人们的意料。李世民说："凡事得由天定，如果上天让他兴盛，那我怎么灭都灭不掉他，如果没有上天的安排，别说他在脖子上刻一个'胜'字了，他刻一百个'胜'字，又有什么用呢?"李世民的原话是这样说的："若天将兴之，非朕所能除；若无天命，'胜'文何为!"

李世民的意思是反对我的人，如果比我强大，那是天意，说明江山应该轮到他坐了。如果不是天意，他怎么反对都没有用。这除了说明他有充分的自信以外，还说明他对其他人是平等对待的。

对待反对者，需要有一个平等的心态，不能觉得自己是老板，就一定要把反对者置于死地。作为领导，不能根据自己的主观想法滥用生杀大权。

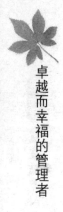

卓越而幸福的管理者

◎告密杀头

有一天，有一个官员的下属向李世民告密："我的上司要谋反!"很多帝王都喜欢这样的告密者，比如说明朝的皇帝，特别鼓励大家去告密，没有人告密的，还要设立东厂西厂这样的告密机构。

那么，李世民怎么说呢?李世民说："奴婢告主子谋反，不是好的开端。长期发展下去主子们会人人自危，奴婢们会通过背叛主子去得到好处。况且谋反往往不是一个人的事儿，只要他有同伙，早晚都会暴露的，何必让别人去告发呢?"因为告发别人意欲谋反的时候，谋反还没有成为事实，没有办法证明，所以这样最容易产生冤案。于是，李世民立了一条规矩：今后，只要有下级去告上级的，奴仆去告主子的，来告发的人一律斩首。

做领导一定要像李世民这样，不要听谗言，即使确实有告发的人说的事情，也不要鼓励他这样做，这样只能在企业中形成一股不正之风，大家相互猜忌，相互诋毁。

李世民坚决杜绝谗言，是因为他相信只要是问题，早晚总会暴露的，不要事先去猜忌，这样会形成人与人之间的不信任。要么就不要在一起做事，在一起做事就不能老去怀疑人家。企业内部、组织内部，千万不能轻率地鼓励揭发、告密，尤其是要反对那种带有私人目的揭发和告密者。

◎三次复议

有一年，有人告诉李世民，河内有一个叫李好德的人要造反，骂李世民。按照法律，骂皇上就是大逆不道，当斩。

李世民对所有被判死刑的人都是很认真的，总是要反复调查他们的罪行是不是应当被处斩。之后他就下诏，派人去调查李好德造反的事。这次他派的人是大理丞张蕴古。调查完以后，张蕴古就说："李好德这个人已经精神失常了，根据法律，不应当治罪，虽然他说的话是大逆不道的，但是他已经是一个没有意识的人了，所以应该把他放了。"

李世民听了以后，决定要释放李好德。但是，这个时候又有一个人来弹劾张蕴古，这个人是治书侍权万纪，他对李世民说："张蕴古的籍贯在相州，李好德的哥哥是相州的刺史，他是为了之前的人情而袒护李好德。"太宗听了以后，非常生气，命人把张蕴古给斩首了，但是继而又非常后悔，觉得张蕴古有罪，但罪不至死。他后来给张蕴古恢复了名誉，让他的两个儿子做了官，更重要的是，他从制度上杜绝了此类事件的发生。他要求凡是死刑犯，下达死刑命令后不能立刻执行，京畿地区要复奏五次，地方要复奏三次，这就是三复奏和五复奏制度。

李世民认为死刑的影响很大，如果误判会给民众带来很大的伤害，要给皇帝留下反悔的余地，尽量保全可能留下的性命。

由此论及企业的管理者，同样掌握着员工的"杀升"大权，一定要三思而后行，而且要征询同级或者上级的意见，并且对事实反复调查。企业管理者的罚和赏一样重要，罚其实是画出了疆界，指出了底线，一旦罚则过重，轻则伤害了一个员工，重则影响了企业的士气和员工对企业的忠诚。管理者尤其不能因为一时的气愤和冲动行使责罚的权力，如何从制度上遏制这种冲动可能造成的恶果，是管理者人格完善的外部体现。

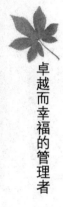

◎ 我敢杀你

一次太宗去庆善宫，这是他出生的地方，他非常高兴，因此与高官显贵饮酒做诗。起居郎吕才为赋诗配上乐谱，命名为《功成庆善乐》，找人来演奏，并找来宫廷舞者伴舞，称之为《九功之舞》，演出了一场大型的歌舞节目。

尉迟敬德也参加了这次宴会，这位尉迟公是大唐第一武将，武功天下第一。他在酒席中间出去方便，回来以后发现有一个人坐在他的位置上。尉迟公勃然大怒："这是哪个臭小子！你何德何能，敢坐我的位置！"这时候，坐在他旁边的任城王李道宗劝他说："你何必呢？他坐在你的位置上，你请他让开不就行了吗？"这位李宗道可是皇亲国戚，舍下这么大的面子来劝他，尉迟敬德可好，回手就给了人家一拳，差点把眼睛打瞎了。

当着李世民的面，把他的亲戚给打了，假如是其他的皇帝会怎样？一怒之下说不定就把他拉出去斩了，可是李世民没有。当然，李世民也非常不高兴，叫停了歌舞，对尉迟敬德说："汉高祖刘邦大肆杀戮功臣，过去我还经常责怪他，我想我作为皇上应该与你们大家共保平安富贵，子孙世代相传。今天，我有点儿理解刘邦了。你是高官，但是却屡次触犯法律，现在竟然在我面前打架。你可知道，韩信和彭越被处死，错并不在高祖刘邦，国家的法律不外乎赏和罚，额外的赏赐，特别的赦免并不能够总是由你得到。我今天不杀你，希望你好自为之，不要到我决定杀你的时候会后悔莫及。"

尉迟敬德自恃武功高，天下第一，所以他才敢如此肆无忌惮。但李世民明确地告诉他："我敢杀你！"虽然现在没有杀他，但他应该引以为戒。让尉迟敬德知道他做错了，罪可杀头。这样才能避免他以后再犯错。在这个过程中，李世民不用计谋，光明正大，公开化、公平化、合理化地告诫下属。尉迟敬德从此之后知道害怕了，也开始约束自己的行为了。

作为领导，下属犯了错误，不批评、不提醒是不对的，一定要让他们明白，你是有权利处罚他们的，他们的错误也足够被处罚，但是之所以暂时不处罚他们，是要给他们机会，让他们能够自己改正。

赏罚严明，固然是公司立足制度的根本，但公司中也总会有功高之臣，轻率行罚而不使其从内心认识到自己的错误和遵守制度的必要性，往往会带来很大的副作用，甚至侵害到组织的利益，惩罚之前的"威劝"常常是更重要的工作，让人心服才是真正的服从。

太宗治下从来都用"阳谋"，不用"阴谋"，阳谋的段位不知高出阴谋几许。做王也并非就可以为所欲为，不是说杀谁就杀谁的。所以，我们发现李世民不但智商高，而且情商也是非常高的，他是一个善于沟通的人。这种沟通很有必要，一定要把心里话说出来，不说出来是要憋坏的。如果你担心你们之间感情会因此受到破坏，或者你钦佩他的所谓才能或者人品，他的问题你不说，那就会给以后带来更大的麻烦。

因此，李世民所有的管理，都不是管理具体的某一件事情，而是要管理到人心。所以，李世民是一个天才的心理学家。

◉ 有若无——让下级表现

◎ 有若无，实若虚

有一天，李世民读《论语》，书中有这么一段话："以能问于不能，以多问于寡，有若无，实若虚。"李世民就问当时的事中孔颖达这句话是什么意思。孔颖达为他解释了这句话的意思，并且告诉太宗这段话不单单说的是普通人，帝王更应该如此。孔颖达旁征博引，向太宗解释说：《易经》上说，要以外表的蒙昧修养真正的德行，要以藏之于内心的智慧管理民众。如果凭着身居高位，去炫耀自己的聪明；凭着自己的才能，盛气凌人，去掩饰错误、拒绝纳谏，那就会导致下情无法上达，那就是自取灭亡。有能力的人可以向没有能力的人学习，因为你向一个人学一招，学了一百个人，你就会有一百招。因此，有能力的人可以向没有能力的人学习，比如皇上您向我学习，就是有能力的人问无能力的人。知识丰富的人，可以向知识匮乏的人学习。什么叫

"有若无"呢？就是有学问的人一定要虚怀若谷，或者表现得像没学问的人一样，就是大智若愚。因为如果你表现得很不可一世，你的手下就会觉得自己不行，就会不敢展示自己的才华和能力。因此，在手下面前，你要表现得"有若无"。

在企业里，领导者的地位最高，但是你的学识是不是也比其他人都高呢？不见得。有没有人学识比你强呢？当然会有！因此你应该向他们提问，向他们学习。即使你企业中的其他人都不如你，你也要"有若无，实若虚"，这样才会让别人大胆地按自己的想法去做事，而不是看你的脸色行事。做领导的应该有这种境界。

◎分轻重，不亲为

诸葛亮"食少事烦"，李世民作为中国历史上一位非常贤明的君主，对励精图治是如何看待的呢？

情境重现

有一次，他对手下的两个大臣说："你们来评价一下隋文帝这个人做皇帝做得怎样？"

那两个大臣回答说："隋文帝勤于治理朝政，每次上朝听政都十分用心，有时要到日落西山时才能结束。五品以上的官员在一起讨论事情常常要到很晚，其间不可以回去吃饭，要叫侍卫把饭拿到讨论事情的地方一块吃。虽然他的品性算不上仁厚，但是也算得上是一位励精图治的君主了。"

李世民听了，笑着说："你们只知其一，不知其二，隋文帝不贤明而又喜欢苛察，所以做事情做决策的时候就不能全面考虑问题，对属下苛察说明他对人和事物总是有疑心，所有的事情都由他一个人决定，不信任群臣。天下如此之大，日理万机，不仅伤身劳神，而且难道他决策的每一件事情都能够切中要领吗？群臣既然已经知道主上的意见，那就只能够无条件地接受，即使觉得主上的意见不妥，也没人敢争辩谏议，所以隋朝只有两代君主就灭亡了。我就不会这样。我选拔天下的贤能之士，把他们任命为各级官员，让他们都来考虑天下大事，汇总到宰相那里，深思熟虑之后上奏到我这里。决策得好、有功劳就赏赐他们，有罪过就处罚他们，谁还能不尽心竭力而恪尽职守呢？这样，我怎么还会怕天下治理不好呢！"

作为领导者，过分勤劳，不相信别人，什么都要亲力亲为，他的企业必定会出问题。中国的企业家，很多人都喜欢加班，创业期间加班，或者因为临时的一些紧急任务加班，都是理所当然的。但是如果无休止地加班，你的下属也长年累月地跟着加班，就说明你的管理一定存在问题，你的企业很难长久地正常运转下去。因为加班，每天饭也不吃，家也不回，妻子、孩子也都没心思理会了，那你这个人就已经失败了，你的企业何谈成功呢？

◎ 有功劳，不独占

贞观元年，关中闹饥荒，第二年又闹蝗灾，第三年又发洪水，虽然政府极力安抚赈灾，但是人民还是怨声载道。此贞观四年开始，全国粮食丰收，社会治安稳定，物价很低，全国一年被判死刑的罪犯只有二十九个人，东到大海，南及五岭，夜不闭户。人们出远门也不带粮食，随便走到哪里都会有人提供饭食。天下太平，人民富足，周边的少数民族也很少闹事。官员们都对李世民说："皇上，您真是最有能力的君主，把国家治理得井井有条！"

李世民回答说："前两年我刚做皇帝的时候，很多大臣都给我上书说做君王的人要有权威，一定要有威望，一定要对人严格要求，一定要用武力征服四方。一定要掌权，不能把权力下放给大臣，这样才像一个帝王的样子。只有魏征对我说：'不要炫耀您的武力，不要老想着比别人强，不要老想着去整治别人，不要老想着去高于别人。应该多修文德，应该让您的老百姓生活富足，让您的臣民都心情安定。只要百姓生活幸福了，中原这个地方平定了，不用去征服周围的地方，周围的人自然会来归附于您。'我听了魏征的意见，果然百姓富足了，幸福了，果然周围人的都来归附于我，四方来朝。周围的人都受了中原礼教的感染，他们现在也变得比较文明了，这些都是魏征的功劳啊！怎么能归功于我一个人呢？"魏征听了回答说："突厥被征服，国内人民富足，社会安定，这些都是您的功劳，我根本没有做什么。"李世民对他说："我能够重用你，而你又没有辜负我的信任，能够担起重任，所以说这不是我一个人的功劳！"

如果是你的企业，年利润突破了十亿元，而且员工们都很高兴，士气高涨，在行业内乃至整个社会中的声誉都很好，你的下属对你说："老总，你真是有水平啊，没有你就没有咱们公司的今天啊！"这时候你会怎么回答？

一个好的管理者，在有功劳的时候，一定要把它拿出来分享，不能自己独占，一定要把它分成几份，归功于别人。你就算把所有的功劳都归于你的部下，也并不代表你就没有功劳了，你的部下的功劳再大，最后不也都是你的功劳吗？而且他们还会因此而感激你，更勤奋地工作，为你出谋划策。何必非要去追求一些虚无的封号，把所有荣誉都拉到自己身上呢？

我们应该牢记李世民的这句话：天下太平，四夷皆服是魏征的功劳，是魏征的力量。管理者也要掌握这样一种固定的句式："这次，产品开发得这么好，是 Mary 的功劳。""这次，产品销售得这么好，多亏了 Tom！""这次产品能打到国外去，是因为 Lisa 的不懈努力。"一定要学会使用这样的语言，你的业绩才会有接二连三的突破，你的企业才会不断地迈上新台阶。

◎ **心怀宽，巧道歉**

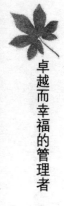

===== 情境重现 =====

李世民有一次下旨召一位高官来教宫女们音乐，但是那位高官抗旨不遵，太宗大怒，要责罚他。这时温彦博、王珪对皇上说："这位高官是一位雅士，如今您叫他来教宫女音乐，我们觉得这实在是有些不妥。"太宗更加生气，怒斥他们说："我把你们当成心腹，你们应该尽忠竭力地为我办事，可是现在你们勾结其他的臣下来欺骗我，居然帮这样一个人来辩解！"这两个人居然说："皇上您也说我们应该对您尽忠，难道我们今天谏言是出于私心吗？今天这件事是您对不起我们，不是我们对不起您！"

第二天，太宗与房玄龄谈话，太宗说："自古以来，做帝王的能够虚心听取别人的意见的确是很难的。"房玄龄问："皇上何出此言啊？"太宗回答说："因为到了一定的地位，他就觉得他要说话算数，别人是不应该违逆他的。唉！昨天我不应该责备温彦博和王珪，到现在我还在后悔。昨天他们俩谏言，我责备了他们，这样就有可能会导致他们以后不敢发言了，我现在要向他们道歉，我错了。以后，你们还是应该大胆谏言。我可能有时还会责备你们，但是你们不要放在心上，你们该说的话还要说。"

我们现在的企业领导，从来都是等下级员工来找他道歉，他从来没有低过头认过错，即使是做错了也要逞强好面子，死不认错。

有一次袁绍和曹操打仗之前，有一个叫田丰的人给袁绍提了一个建议，告诉袁绍仗应该怎么打。袁绍没有采纳他的意见，结果打败了。袁绍当着大家的面说，当初没有听田丰的计策，要是听了田丰的，就不至于惨败至此。他刚说完，下面有一个大臣对上级一定要有包容下级的坦荡胸怀，领导要能够成人、立人，立人才能立己，培养好了别人自己才能站稳脚跟。

他说："最近田丰在狱中听说你打败仗，还拍掌庆贺呢！"

这个时候，如果是李世民会怎么办？一定会说："我要赶紧去看看他，让他给我清楚地分析分析我到底错在哪里。"

可是袁绍却恼羞成怒："我错了，他还要这么羞辱我！他是在取笑我，把他杀掉。"我们现在的企业中，袁绍这样的领导大有人在。

一定要学会说"我错了"。说出"我错了"，并不证明你有问题。但有一点需要注意：一般来说，企业中的下级比上级的出错率高，错得少的人才能成为领导。因此，作为下级也不要过多地去挑剔上级，尊重和激励是相互的。

● 刑不上大夫——不追求完美

◎ 铁腕柔肠

李世民有位姐姐——长广公主，这位公主起初嫁给赵慈景，与他生了个儿子，取名叫赵节。后来赵慈景去世了，长广公主就改嫁吏部尚书杨师道了，杨师道也就成了赵节的继父。

这个赵节与杜如晦的儿子杜荷一起帮助当时的皇太子李承乾策划谋反，事情败露后被抓起来。杨师道、长孙无忌等人负责审问承乾，结果他们暗地里为赵节开脱，因此受到了李世民的惩罚。太宗到长广公主的居所，公主赶忙磕头，哭泣着为儿子的罪过道歉。太宗回拜，并流着泪说："赏赐不回避仇敌，惩罚不祖

卓越而幸福的管理者

护亲属，这是天下至公至正的道理，我不敢违背，因此有负于姐姐。"

我们先不论李世民的话，先来看看长广公主的做法，她只是跪下替儿子向太宗道歉，而没有求太宗网开一面。当一个领导的刚直不阿的风格被企业内的人熟知，并且组织内的人都有这样的觉悟的时候，组织内就不会出现徇私舞弊的现象，每个人都不会朝这个方向想，都不会朝着这个方向尝试，因为他们都知道这是不可能的。长广公主深知李世民的做事风格，也知道为儿子求情不可能成功，所以只是磕头谢罪，而并没有说："弟弟啊，求求你放过我的儿子、你的外甥赵节吧！"而是忍住了，没有为一己之私说出这样的话，她是谢罪，而不是跪求李世民开恩。

这时候，李世民说了可以作为传世经典的一句话：赏赐不应该回避仇敌的，惩罚不应该袒护亲属的，这是天下至公至理，不能违背。李世民的这句话说明了什么？

首先，李世民的姐姐向他赔罪，他没有指责姐姐，反而向姐姐赔不是："对不起啊，姐姐，我只能这么做了。"在这里他为自己说明了一下：从法律上来讲只能这么做，我不能够徇私，但是从情理上来讲我有负于你。这个世界上有法也有情，依法我只能这么处理你的丈夫和孩子，但是从情分上来讲，我觉得亏欠了你。我作为弟弟没有帮上你的忙。实际上我可以帮你这个忙，只是说一句话的事，但是我不能破坏这个规矩。因此我就欠了你的情。李世民并没有因为自己是皇上就觉得自己可以为所欲为。在法律面前，他把自己看作了一个常人。李世民在做事的时候原则性很强，但是在态度上很温和，常常流露出真性情。

我们现在许多所谓管理者的做法恰好与李世民相反，立场极不坚定，根本不讲原则，但是态度却极其强硬，往往都很霸道，总觉得自己是正确的，尤其是对待别人过失的时候，就更加为所欲为，想怎样处置就怎样处置。做事情很无情，而且还很标榜这种无情。

管理者决不能标榜自己无情，无情是无奈之举，并不是高尚之举。我们的传统文化中总是在鼓吹一个人怎样大义灭亲，大义灭亲在法度上是应该有的，但在态度上必须要温和。

◎坦诚沟通

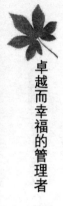

唐贞观十七年的时候，李承乾谋反的事情败露，太宗把承乾抓起来之后，让长孙无忌、房玄龄等人去审理此案。一天，太宗对身边的人说："你们觉得应该怎么处置承乾？"诸位大臣都知道谋反是按律当斩的，于是都不敢回答。这时候有一位大臣上前进言道："还是让他活下来吧。判他个终身监禁，关他一辈子，让他在牢狱中度过一生，这也等于是判了他死刑。"李世民采纳了他的建议。

· 我们刚才讲过，法和情有时候是可以通融的。孔子讲过：刑不上大夫。封建社会中，一些特殊人物可以在法律面前享有特权。对那些有特殊的才能，有过特殊功劳的人，法律对他们可以网开一面。

帮助承乾谋反的人还有侯君集，还有前面提到的赵节、杜荷等人，这些人都被处斩了。其中侯君集的功劳也很大，但也被处斩了，可见"刑不上大夫"也是有范围的，这个原则并非是个大夫就都适用。

侯君集被关入狱中的时候，太宗曾经亲自审问他，对他说：

"你知道我为什么要亲自审问你吗？因为我不想让那些史官来羞辱你。因为你是我的大臣，你对唐朝有过巨大的功劳。"这也可以理解成为是一种"刑不上大夫"的表现。欧洲有一些皇室家族的贵族王公在受审讯的时候也是有一定的优待政策的。

太宗亲自审问了侯君集之后，心生爱怜，觉得侯君集这样一个立过大功又才华横溢的人，就这样处死他实在太可惜。李世民实在是很喜欢他，于是他就对负责处理这个案件的大臣们说："侯君集的功劳不小，能不能不杀他呢？"那些大臣都不同意。李世民是可以为他所喜爱的人向大臣们求情的，而且作为一国之君，想要赦免一个人不过是一句话的事。但更有意思的是作为一国之君，李世民的求情居然被驳回了。这一方面说明李世民当政时期法纪严明，一方面也说明这个"刑不上大夫"的使用范围是很有限的。

这件事也说明李世民是一个有真性情的领导，我喜欢这个人就要为这个人求情，不怕别人说我徇私，因为我真是喜爱他的才华。他并没有把自己定位成一个完美的人，而是很率真地表达感情。所以说他是一位有人性的管理者，有人性的君王。而不是像我们现在的许多领导那样，一旦成了管理者就变得铁石心肠，拼命压抑自己的感情，希望把自己打造成神。

对于管理者来说，千万不能因为你处在高层，做事情的时候就一概铁面无私。有的时候你的真情流露，你的"刑不上大夫"，只要不会对企业的利益有影响，同时又能够帮你树立"人性化领导""真性情领导"的形象，用一下也未尝不可。如果做什么事你都不带一点感情了，那别人就不会拿你当正常人看待了。你应该把你自己纳入制度之中，同时也要把自己置于情感之

中。这样你依然还是制度中的人，同时又是一个有情感、有情趣、有自我认知的人。

李世民有很多贵族化的地方。既不破坏原则，又能达到表达情感的目的，这是贵族化的一个特征。在对侯君集的处理上，他提出建议之后，他的大臣们都不同意。之后他又去找侯君集，老泪纵横地对他说："咱们要永别了！"侯君集也非常感动，当即磕头认罪，因为他知道李世民已经为他求情了。

侯君集是个性很强、很狂傲的人，在临刑之前，他说："我是因为自己的过错走到了这一步。想当年为皇上出生入死，我还攻取过土谷浑、高昌两个地方，因此我功罪相抵，希望能够保全我的儿子，延续我家族的香火。"于是太宗与负责此案的官员饶恕了他的妻子和子女，没有灭他的九族，但是他们不能留在长安，被发配到了岭南。

侯君集最后终于认了罪，其中一个原因就是他意识到李世民虽然知道他犯了罪，但仍然把他当例外对待，为他求情。李世民并不是故意这样做的，只是内心感情的真实流露，最终征服了侯君集的心。这是人格的力量。从心理学上讲，这叫做同理心。他能和很多人沟通，哪怕是罪犯，临死的死刑犯，他也能与之沟通得很好。李世民就是这样了不起的一个人。

因此，一个有王者风范的人，在他身边的人也往往都会得到比较理想的发展，往往生活得比较开心。因为这样的人在处理事情的时候会给所有人留出路，会让所有人得到提升，让别人与自己共同成长，即使有的时候稍有违背纪律的地方，也无关紧要，因为这是在原则之内求大同，存小异，以求达到人性的最高境界。

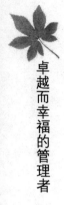

◎不求完美

李世民在历代君王当中真的是一个很罕见的心理学家，他认识到人一定不能追求完美。

李世民有一天跟自己的儿子李治谈话时说："顾我弘济苍生，其益多；肇造区夏，其功大。益多损少，故人不怨；功大过微，故业不堕；然比之尽美尽善，固多愧矣。"这段话的意思是：回想起我李世民普济苍生做了很多好事，创建大唐基业功劳很大。为百姓带来的好处要多过对他们的损害，所以百姓才没有怨言；功劳大于过失，所以基业才得以巩固；然而如果与那些尽善尽美的帝王相比，我还有许多不足之处啊。"

一个管理者要求自己不出任何漏洞，那就当不了优秀的管理者。一个老师要求自己不说一句错话，不写一个错字，就当不了好老师。一个人如果要求自己把每件事都做得尽善尽美，你可能就会得强迫症，自然就不会有大的业绩。要知道人是难免会有过错的，所有做成大事的人，都是功大于过，善大于恶，而不是完全正确、彻底善良的。要求自己无错无恶无过的人都是办不成大事的人，所有办成大事的人并不都是完美无缺的。

◎不尚钻营

太宗下诏立晋王李治为皇太子之后，亲临承天门楼，大赦天下，饮宴三天。太子李承乾被废之后，太子的人选有两个，一是李治，一是李泰，他之所以不立李泰为太子，是经过仔细考虑的。太宗对身边大臣说："我如果立李泰为太子，那就表明太子的位置可以通过苦心经营而得到。自今往后，太子失德背道，而藩王企图谋取太子之位，这两种人都要弃置不用，这一规定要传给子孙后代，永为后代效法。而且如果我立李泰为太子的话，那么承乾和李治都难以保全，立李治为太子，则承乾与李泰就都可以安然无恙了。"

这体现了李世民极高的政治智慧。李泰这个人非常想当太子，勤学苦练，经常去学习如何治理国家，很会讨好李世民，也很聪慧，文才武功都很出色，很有能力。但是李世民没有立他为太子，因为他怕给后世留下这样的误解，就是太子的位置可以通过处心积虑的经营来得到，而不单单是靠才学和品质。怕以后皇太子的候选人们都会失德背道。

李世民的观点是，天下该是谁的就是谁的，不是谁"努力"了就能得到的，那样的话，大家就会忘记了道德，忘记了本分，而都把心思花在"努力"上了。李世民在立太子时说的这个原则就是，不能以努力与否作为评判人的标准。

卓越而幸福的管理者

在企业中也要形成这样的风气，要按照规章制度来选拔和任用人才，不能谁在你面前用心学习，努力钻营，博得了你的好感，你就重用谁，这在企业中会形成不良的风气，大家的心思就会都花在如何取悦你，努力迎合你的标准上面，而忽略了企业中真正需要做的事情。

◎ 5% 绝对允许率——物赏为主惩罚到心

◎ 多奖少罚

一次，御史大夫萧瑀上书说应该弹劾李靖，奏折中说虽然李靖大破颉利可汗，但是李靖治军没有法度，打到突厥后，他手下的士兵把突厥的奇珍异宝劫掠一空。应该把李靖送到司法部门去定罪。李世民看到奏章后没有回复。

突厥一直以来都是中原帝国的心中大患，李靖大破颉利可汗，应该算是为唐朝立了大功。可是，李靖打了突厥以后就把他们的财宝劫掠一空，没有上缴国库。现在有人上奏了，那到底应该弹劾还是应该奖赏呢？李世民的答案是赏罚分明。

李靖回朝以后，去见李世民，李世民对他说："你太不像话了！我这么信任你，你攻下突厥，不把战利品上缴，居然跟将士们私自瓜分了！"李靖赶忙叩头谢罪，请皇上治罪。李靖在那里战战兢兢地等着皇上治他的罪，过了好久，李世民才说话："隋朝的时候，曾经有个将军，打败过达头可汗，虽然不是最大的可汗，也算是个可汗了。由于这个将军攻下城池之后，也抢了人家的财物，隋朝的皇帝不仅没有赏赐他，反而将他杀了，以至于以后打仗的人都不好好打了。所以我不会治你的罪的。我会记录下你的功劳，赦免你的罪过。况且当时在边关，生活条件很差，你们这样做也是情有可原。"李世民当即封李靖为左光禄大夫，并且赏给他一千匹绢。

过了一段时候以后，太宗见到了李靖，对他说："以前是因为有人告你的黑状，我现在已经明白是怎么回事了，我批评你的事情你不要放在心上。"接着又赏赐给李靖两千匹绢。

我之前曾经讲过，成功说明一切，一定要以成功为衡量标准。李靖把突厥王给抓了，大获全胜，他成功了，成功是压倒一切的，所以李世民要嘉奖他的功劳。企业的管理者也是一样，要想得人心，想让下属努力做事，那就一定要奖惩分明，而且要多奖赏，少惩罚。奖惩分明的宗旨就是奖励要以物质为主，让被奖励的人时常念及你的好；惩罚则要惩罚到心，让犯错误的人从心底里感到自己错了，而不单单是物质上的惩罚。物质上的惩罚起不到惩戒的效果，有时还会产生相反的效果。

◎ 奖励谏臣

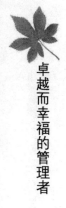

唐太宗派了一个大使到凉州。凉州的都督叫李大亮，李大亮养了一只特别好的鹰。那位使者见这只鹰实在是难得，他就暗示李大亮："大亮啊，你这只鹰很好！你现在只是个都督，如果你把这只鹰献给皇上，说不定可以加官晋爵，那多好啊！让我把它带回去献给皇上吧！"

李大亮就秘密给太宗写了封奏折，说："您常说不要去做那些猥琐的事情；您一向讲不要去贪图别人的财物。可是，现在您的手下，您派来的大使却要把我最心爱的鹰带回去献给您。我想要问问您，这是您的意思还是他的意思？如果是您的意思，就说明您之前的说法都是违心的，您心口不一。如果是他的意思，就说明您用人不当。"李世民看了信之后对旁边的侍臣说："李大亮这个人真是忠心耿直啊！"随即赐给李大亮一个外国进献来的花瓶和一部荀悦著的《汉纪》。

李大亮直言敢谏的背后是什么？如果他面对的是一个根本不听谏言的皇帝，或者是只要听见跟自己不一样的声音，或者是批评自己的声音就暴跳如雷的皇帝，那他一定不敢向李世民直言进谏。有这样的人在就说明李世民这个皇上做得很成功，说明他的日常管理很到位，在他的组织中形成了良好的风气。

李大亮是私下写的信，他并没有公开说。所以说，不但上级向下级道歉要在私下进行，下级向上级提意见也要在私下进行，这样双方才都能够比较容易接受。所以说李大亮这个人不但忠心耿直，而且十分智慧。他呈上秘密奏折的目的是告诉李世民：皇上，虽然我批评了你，但是就咱俩知道这事，我没有对别人讲。这说明什么？这说明我为您着想，说明我对您忠心耿耿。谏臣一定得是行为做事有分寸的人，而不是仅有正直就够了，仅仅怀着忠心而不讲究方法，早晚都会被砍头的。

这同时也说明了李世民的成功。有这样做事讲究方法的臣下，既不使自己难堪，又为自己提出了建设性的意见，这多少也是受到李世民为人处世风格的影响。这件事还证明了李世民是一位心胸宽广的领导，同时也说明他是一个优秀自信的人。因为所有那些不怕暴露弱点的人，那些不怕别人批评、不怕别人提意见的人都是强者，都是心理上健康强大的人。

◎ 5%允许率

李世民朝中的大臣里面，房玄龄和王珪这两个人是负责考核任命官员的，也就相当于现在企业中的人力资源总监，也算是位高权重了。他们都是很认真、很细致的人，刚直不阿。

卓越而幸福的管理者

　　有一天，李世民接到了治书侍权万纪的奏折，奏折中指出房玄龄和王珪这两个人在人事任命上不公平。李世民就让侯君集去查证。

　　魏征知道这件事以后，就赶去进谏，他对李世民说："房玄龄和王珪是大唐的老臣子了，一身正气，办事情从来都是恪尽职守。再说，他们负责人事考核和任命，每天要考核那么多人，处理那么多事，其中难免会有几件处理得不当，难免会对那么一两个人有一点不公平的对待。您如果一定要追查下去，我相信您查到的结果一定不是他们徇私舞弊。但如果查出问题，那么他们之前做的事情就都不可信了，满朝官员几乎都是他们选拔的，是不是满朝的官员都要被罢官呢？况且权万纪的父亲就在官员考试办公室工作，与房玄龄和王珪两个人共事很长时间了，都没有举报他们俩有问题，这次他儿子参加考试的时候才来举报，这根本就不是为了举报房、王二人，而是为了激怒皇上来报复这两个人。"

　　李世民不说话了，觉得魏征的话很有道理，于是魏征接着说："而且皇上您非要查证，退一步讲，如果查出来确有其事，那么对朝廷也是很不利的，毕竟满朝的官员都是他们选拔的；如果您查证的结果是根本没有这件事，那么您之前重用他们，对他们的深情厚谊就都白费了。皇上，我说这些话并不是要偏袒房玄龄和王珪，实在是因为我要维护您呀，我是为江山社稷着想！"听了魏征的这番话，李世民立即下令，对这件事不予追究。

从这个故事中我们能看出什么问题呢？因为李世民没有继续追查下去，所以我们并不知道房、王两个人是不是真的徇私舞弊了。但是我们可以明白的是在企业中，在组织中，并不是要把所有的事情都弄清楚，不是奖惩分明才是最佳的方法，有的时候管理者不明白比明白更有利于组织的运作和发展。另外，这个故事中还有我们需要学习的一点，就是作为领导应该要有宽容下属的胸怀，就是要信服身边的高人。魏征的眼界比李世民高，李世民并没有像现在有些领导那样，发现比自己高明的下属就想把他整垮，而是很虚心地接受他的建议。这是一个领导、一个企业成熟的标志。

魏征的着眼点不是就事论事，他的着眼点是全局，是整个组织的协调发展。魏征的高明之处就在于此。企业中的中高层领导，尤其是高层领导，每天的工作压力很大，出错也是在所难免的，作为领导不能苛求你的下属都把事情做得尽善尽美，而应该有一个5%的允许率，就是说他们所做的全部工作中有5%是可以允许犯错误的，只要这些错误不影响企业的正常运作和发展就可以。组织中的许多事情往往没有是非曲直，只要有利于企业发展，有利于协调运作，只要结局好就好。

因此，管理是相对的。有的时候，我们要知错就改，而有的时候，我们即使知道错了也不能改。因为，你一改就是要苛求别人达到百分之百正确。所以一定要让自己的管理更加人性化，允许别人犯错，不能要求下属都变成神。

● 旺君命——总见下属之"妩媚"

◎ 总见人才

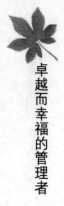

有一年，天下大旱，太宗召文武百官来商议对策，让大家都上书建议。有一个叫常何的武将，没读过书，斗大的字不识一箩筐，皇上让群臣上书建议可把他愁坏了。幸好有一个叫马周的人，来长安旅游，住在常何家里，他是个文化人，满腹经纶。于是常何就请马周帮他写奏折，马周写出了二十余条建议，常何高兴地提交上去了。

太宗看了常何的这个奏章以后觉得很诧异，怎么这个莽汉思路变得如此清晰，文采飞扬，激情澎湃？觉得不对劲，就问常何："你提的方案怎么这么好啊？"常何诚实地回答："这不是我写的，这是我家的客人马周替我写的。"如果你的手下对你很诚实，知道说出这件事你会批评他，甚至是惩罚他，但他还是会说出来，那就说明你是个优秀的领导。李世民这个团队之所以优秀就是因为大家都相信他是个好领导，所以不会因为好处而趋利，不会因为麻烦而躲开，都对他很诚实。这样团队才会很精良，很有效率，因为不用在没有意义的事情上费心思量。

李世民听了何常的话就命他赶快把马周叫来，但是派人去请了几次，马周都没有来。这时候如果碰到一个昏君也许马周就被杀头了，而李世民不但没有杀他，还三番五次地去请。为什么李世民会这样做？因为他真心地爱惜人才。

但是这里面有一个问题：马周为什么不来呢？李世民是最大的领导，叫他他都不来？假如你是一个企业的最高领导，派人去叫一个清洁工，可是叫了几次这个清洁工都不来。这时候，作为领导，你应该怎么理解这件事？你应该想到，凡是那些有本事、有才能的人常常会很清高、很羞涩。所以他们得到最高领导召见的时候会有一些不知所措，因为他们内敛的个性，不敢或者不愿意去见领导。你不要以为是别人不敬重你，实际上他是太尊敬你了，他敬畏。

李世民是这样理解这件事的：那些喜欢研究学问的才子们、文人们往往都是比较羞怯的，而且天下都是我李世民的，你也是我的，我想见你简直是囊中取物，所以，你不来见我，我应该宽容你。李世民的这种理解才是一种王者的理解，这样的理解才是因材施管，以人为本。

后来，马周终于到了宫中，拜见太宗，太宗与他相谈甚欢。不久就任命他为监察御史。常何也因为为朝廷举荐了人才，得到了三百匹绢的奖赏。李世民就是很善于从细节中发现人才，他善于从废品中找到财宝，从沙砾中找出真金。本来是常何欺骗了他，但是，李世民能够从这一欺骗的过程中发现了许多有意义的东西：大臣对他的忠心；隐藏在欺骗背后的人才。李世民是这一捉刀代笔的"欺骗"行为中的大赢家。

首先，李世民发现并培养了大臣的忠诚。当你要求你手下的所有人做同样的事情，但是这些人的术业有专攻，能力有强弱，各有强项，并不是所有人都能够满足你的这个要求的时候，就得借助一些其他的方法，只要这个人能够把实情告诉你，明知道这事是自己不对，还敢于承认错误，那么就说明他对你是忠心不二的。

其次，李世民获得了一个人才。只要是有见地的人，他不在乎人才的出身，不介意人才的个性张扬。李世民发现的人才，许多都是没有什么傲人的师承，没有什么经验，但却可以提拔重用，奉使出巡，做钦差大臣。可是我们现在有些企业的老总，招聘人员的时候学历达不到硕士以上就不予考虑，没有那些什么所谓的资格证书就不予聘用，这些方法都是生硬死板的，往往使你与优秀的人才失之交臂。

这种对人才的喜爱和选拔人才的态度都是一种功夫，需要修炼。

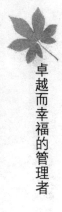

卓越而幸福的管理者

◎ **只读优势**

李世民在明确职责、知人善用方面是中国历史上做得最好的管理者之一。有一次，他对手下负责人事的大臣王珪说："你识别人才方面很在行，而且你又很健谈，我希望你能详细品评一下房玄龄以下的宰臣，让我听一听他们各自的优点，而且你要说说你认为自己与他们相比怎么样？"

王珪回答道："孜孜奉国、尽心尽力方面，我不如房玄龄；要论文武双全，入可为相出可为将方面，我不如李靖；而温彦博做事详细周到，不论上情下达还是下情上传，全都做得很公正客观，在这方面我实在是赶不上他；在处理那些繁杂棘手的事情，处理别人都处理不好的事情上，我就不如戴胄；魏征一心希望皇上您朝着尧、舜的方向发展，用心谏言，以此为己任，这方面我更是不如他。那么，说到辨别清浊、奖罚严明这一点，我认为我

62

比他们几个都稍微强一些。"太宗听了以后，深表赞同，他所品评的那几个人也觉得他说得很对。

太宗和其他的几个大臣为什么都觉得王珪说得有道理呢？主要的原因就是他自己也看到了自己的优点，这样让大家都觉得他不虚伪，不是单单在说别人好话，而是实事求是的。一个真正的人力资源主管，一定是王珪这样的人，就是能看到所有人的长处同时也能看到自己的优势。

◎ 旺君命

情境重现

有一年，李世民在丹霄殿请大家吃饭、听音乐、看歌舞。长孙无忌对他说："皇上，王珪、魏征二人，以前是侍奉太子李建成的，是与您为敌的，想不到现在能与您一同饮酒做诗听音乐啊！"

李世民就说："魏征和王珪，他们原来侍奉的主人与我为敌，他们现在对我尽心尽力，所以我会重用他们。"接着，李世民就开始问魏征："魏征，你经常向我进谏，但是有时候我不采纳你的意见，之后我再跟你说话，你就不理我了，这是为什么呢？"魏征说："我进谏您不听，之后您跟我说话我如果答应了，您就以为可以不按照我说的做了，如果按照我认为不妥当的做法推行下去，到那时候我就劝阻不了了。您是皇上，我不敢用武力劝阻您。所以我进谏了以后，您不听，我只有不吭气儿。"

李世民又说："我跟你说话你先答应着，你给我个台阶下，之后你再来劝谏不就可以了吗？"魏征义正词严地回答说："皇上，当年舜告诫他的臣下不要当面同意，之后又在背后说长道短。如果我心里知道您不对，嘴上不说反对，当面顺从，之后私下又说您不对，那不成了当面一套背后一套了吗？"李世民抚掌大笑，说："魏征，人家都说你举止疏狂傲慢，我反倒觉得你很妩媚，也许就是因为你总是这样有个性的原因吧！"魏征赶忙站起身来，离席拜道："我之所以敢说这些话，都是您允许的。您要不允许，我哪敢讲？"

* * *

因此，魏征始终知道他要进谏的人，必须是可以进谏的。不可以进谏的人，是不能进谏的。因此，正直这一美德只有在如李世民一般英明的领导面前才是能发挥效用的。你要进谏的人必须是能够理解、认同你的正直的时候，你才能进谏。魏征从来都认为，有了李世民，才有他魏征。

智者言

对待人才，不计前嫌只是一方面，在平时的沟通中能够只看到他的优点，无论他对你个人怎样，只要他的所作所为对组织发展是有好处的，你就一定要爱惜他，鼓励他。

李世民这个团队，有了功劳，李世民说："这是魏征的。"魏征说："这是皇上的。"之所以能够形成这种良性的循环，还是由于李世民。因为强势的一方如果想让弱势的一方销声匿迹是很容易的事。

你的企业成员中不用所有人都到这个程度，只要有几个能够达到魏征的水平，就说明你是个成功的领导，说明你的领导水平高。

李世民有长孙皇后这样的太太，有魏征这样的下属，那就是吉祥的征兆。长孙皇后是旺夫命，我说魏征是"旺君命"。什么叫旺君命？旺君的人都是十分明智的，十分会审时度势的。他们既能够把话说到位，直言敢谏，又在有所成就的时候不居功自傲。他们谏得艺术，谏得高明。劝谏别人，不要随便劝谏、用力去劝谏，而是要顺势劝谏，表达得体。这样的人就是旺君命。

◉ 我能说清楚——成功贵在自知

大唐盛世，天下一派繁荣，一天，在早朝上，几位大臣对李世民说："陛下的功德与天地等量齐观，难以一语言明。"

太宗说："不，能说得清楚。我自己就能说得清楚。我之所以能做到这一点，只是因为五点缘由：

第一，自古以来帝王大多嫉妒能力超过自己的人，但是我看别人的长处，如同看见自己的长处一样高兴。

第二，人不可能全知全能，我对人对己都常常要扬长避短，只看优势。

第三，君王们往往见到有才能的人便想着放置在自己的怀抱中，对他们很重视，而鄙视无能之辈，甚至根本不屑于看他们一眼。而我不是这样的，我看见有才能的人则非常敬重，遇见无能者也会心生怜悯，而且我能够发现每一个人的特点，因材而用，使有才能与无才能的人都各得其所。"

作为领导，应该能够从别人的缺点中读出优点，使组织内所有的人都各得其所，在你的组织中不应该有闲人，更不应该有废人，所有的人都是可用之材。

"第四，君王们大多讨厌正直的人，明诛暗罚，自古以来，许多朝代的君王都是这样的。我自即位以来，正直的大臣在朝中比肩接踵，我未曾贬黜斥责过一人。所以，大家都敢于说话。我手下的人既然敢说我的错，那就更会去弘扬我的美德。

第五，自古以来帝王都觉得自己所在的中原很高贵，而轻视少数民族，唯独我爱护他们如同爱护中原的子民一样。我不主张修长城，不将他们拒之门外。我认为我的疆土上的人，凡是爱我的，愿意归附我的，都是我的子民。我对天下人始终如一。"

李世民说完这五点，又问褚遂良："你曾做过史官，你觉得我说的这番话符合历史事实吗?"褚遂良答道："陛下的盛德数不胜数，仅仅这五点，说明陛下过于谦虚了。"

智者言

只有明确知道自己这次为什么能成功，才能有机会迎接下一个成功。

如果你的企业成功了，那么一定是与你的能力有关系的，你必须要明确地知道为什么你能成功，不知道成功之本因的领导者，其成功也无非是昙花一现。

第二章 培养幸福 思维

要想成大器，首先要有成大器的理念。一个企业只有建立了成大器的文化才能够长久。

什么叫做成大器的理念？

诸葛亮认为打遍天下是重要的，能打的一定要打。而司马懿则认为将士的性命是重要的，能不打的一律不打。如果从这个角度看，诸葛亮有些好大喜功、穷兵黩武，以事业为第一目的。这种人做事就缺少一种成大器的理念。

中国改革开放三十年，生存下来的企业已经不再处于原始的竞争阶段，企业老板们已经上升到一个更高的层次了。形成了一定规模以后，企业必须得有理念，有文化。理念不转变，仅仅浮躁地学一些皮毛，是没有用的。

第二章　培养幸福思维

换个角度想问题

卓越而幸福的管理者

心理实验

有一个人，你如果对她说夏天好，她会说："哎呀，夏天热，热得难受，有什么好。"

"那么秋天凉爽，秋天总好了吧？"

"哎呀，不要说秋天！万木凋零风瑟瑟，真是愁煞人啊！"

"那冬天雪花飘飘，银装素裹总还不错吧？"

"哎呀，冬天更不好！我这病总是冬天最严重！"

"春天万紫千红，生机勃勃，你总该喜欢了吧？"

"春天花一开，肯定要谢，落在地上就会被人踩，与其开花，不如不开啊……"

这个人让你联想到谁？平时我们一说到多愁善感就会想到《红楼梦》里的林黛玉，林黛玉十几岁就夭折了，为什么呢？因为她考虑事情总是从负面去考虑，不能用一种正确的心态去面对生活。所以，最终她的结局是悲惨的。

贾宝玉有一天去找林妹妹，高兴地对她说："妹妹，诗社成立了，我想约你一块儿去饮酒吟诗做赋！"黛玉却说："你是不是第一个来找我的？"宝玉是个很单纯的人，诚实地回答说："不是，刚才走在路上碰到晴雯，跟晴雯也说了，还碰见宝钗了，跟宝钗也说了。""哼，早就知道，你不会第一个来找我！"林妹妹说着哭了起来。

第二次宝玉吸取经验了，来找林妹妹，走到路上，见了谁都不说话：见晴雯，不吭气儿，见了探春，还是不吭气儿，这样一直走到了潇湘馆，进了门对林黛玉说："妹妹，春天来了，万木花开，咱俩去赏花吧？我这次是第一个来找你的！"黛玉回答说："好。"于是，二人来到花园里。宝玉说："你看，柳树都发芽了，淡绿色的嫩芽多好看！看那花多漂亮！你听，小鸟的叫声多好听！"可是林黛玉却说："可惜花开得好，终究还是要落的呀……"说着眼泪又珍珠般地落下。所以，黛玉的眼泪就是从秋流到冬，从春流到夏，一年四季，珍珠般地往下落。

仔细想想林妹妹说的每一句话都是事实，每句话都有道理，但是每一句话都是负面的，每一句话都只会让自己更痛苦。她多愁善感，总是伤春悲秋，由外物的不幸联想到自己的命运，她这样的负面思维方式，只能给自己带来无尽的伤悲和痛苦！

如果一个企业的主管，也总是用这样的思维方式，那整个企业的运作只会越来越走下坡路。比如说一个超市企业的采购部经理发现最近货源很好，送货比较集中，他就发愁了：最近老送货，货架都满了，快放不下了，怎么办呢？过了一段时间，货源

71

供应不上了，他就又发愁：这最近老是断货，怎么办呢？还有些主管，部门的业绩下滑的时候说："这怎么办呢？业绩一下滑，领导一定对我有意见，我这个主管保不住了！"过了一段时间，业绩又上去了，他们会说："业绩上去了，下个月的任务就要定得更高了！这怎么办啊？"

发货多了也愁，断货了也愁；业绩上去了也愁，业绩下滑了更愁，所以说不幸福的主管并不是因为货的原因，也不是业绩的原因，就是因为自己的思维方式有问题。像林妹妹这种类型的主管，这种类型的思维方式，我们可以称之为负性思维方式。林黛玉的结核病，总是愁眉不展的主管，都是因为他们摆脱不了这样的思维方式。如果我们的企业里，无论主管还是员工都是以这样的方式来思考，那么不但企业的经营状况不会有起色，而且企业成员的身体健康和生活幸福都很难有保障。

从科学的角度来看，林黛玉所说的这些可能都是事实，那些主管的担忧也一点都没有错。但从人生的角度来看，这些所谓真实的想法对人的伤害最大，最不利于人的内心幸福。在现实生活中，抱着这种负面思维的人很多，而且有时候这种负面的想法常常是下意识的，甚至意识不到这些想法是不正确的。所以要解决思维上的问题，就只有依靠心理学了。

心理学解决这个问题的方法主要就是把那些负面的想法纠正过来，让人们换一个角度，用幸福的眼光看问题。

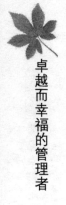

● 夏天里的冰激凌——抛开负面感受

说到"夏天"，大家首先想到的是什么？绝大多数的人首先想到的可能是一个感觉——热。这没有错，夏天的确热。而且好多人的反应是热得难受，热到不敢出门。虽然这是正常的联想反应，但是如果我们在企业经营管理中也用这样的思考方式，就会产生消极的影响。

为什么这么说呢？我们可以分析一下。想到夏天就想到热的人，必然会感到不愉快，毫无疑问，这是一种不愉快的感受。如果顺着这种思维方式去感受，那么他听到任何一个词时都会产生某种不愉快的联想。比如，说到"工作"，可能很多人会联想到无聊、劳累、压力大、报酬低等，这样自然对工作没有兴趣，甚至对工作有厌恶情绪。

我们怎样才能摒弃负性的思维方式，发展出一种幸福的思维方式呢？我们来看看幼儿园的小孩子们，如果对他们说夏天来了，他们会想到什么？他们大多会想到夏天可以吃冰激凌，可以游泳，女孩子还可以穿花裙子！听到夏天，他们首先会想到这些好吃、好玩、好看的东西，他们怎么会有不愉快的情绪呢？

夏天有冰激凌，有花裙子，有比基尼，有大西瓜，有酷热，有暴雨……夏天有 1000 种属性，只要你选择能够让你高兴的那些属性，你自然就会觉得很幸福。因此，并不是夏天本身使你难受，而是你自己让自己难受！

要想让企业发展好，要想让自己不断进步，你就应该多注重积极的元素，形成幸福思维，避免负面的情绪。任何一个人，任何一个企业，任何一个组织，都必须要建立一种幸福思维的文化。做幸福的人，做幸福的企业，对世间的事物总是抱着积极的态度和想法。

那么，我们应该怎样避免负性思维的伤害呢？这里有一个故事：

从前，有一座山，山上有几十只孔雀，每到春天交配的季节，雄孔雀就会竞相开屏，美不胜收，整个山谷都折射出生命与美的气息。

山脚下住着两位姑娘——甜甜和真真。一天，甜甜兴高采烈地对真真说："听说山上的孔雀开屏了，五光十色，美丽极了。咱们一起去看看好不好？"真真撇着嘴，不屑一顾地回答："有什么好看的，还不如在家多休息一会呢！"可是甜甜还是不死心，对真真软磨硬泡，最后把真真硬拉到山上去看孔雀开屏。

两个姑娘到了山上，放眼望去，满山的孔雀竞相开屏，甚是美丽。甜甜不禁惊呼："真是太美了！"真真却很平静地说："这算什么，我带你看看真实的孔雀。"她将甜甜领到孔雀的背后，甜甜不禁惊呼："天哪！"原来，孔雀开屏的背后竟是那么肮脏的景象！每只孔雀的屁股上都长着沾满粪便的绒毛，看了令人作呕。甜甜看了以后撒腿跑下山去。真真却平静地自语："我早说过，孔雀开屏并不好看的！"

孔雀在甜甜心目中的形象被破坏了，因为她看到了真相。假如甜甜没有看到孔雀开屏背后的景象，孔雀在她眼里的形象永远是美好的。真真看到的孔雀开屏背面的肮脏也是真实存在的。甜甜看到正面的孔雀是美好的，漂亮的；真真看到孔雀的背面是肮脏的，丑陋的。只是转换了一下观察的角度，事物就发生了天翻地覆的变化。

所以你关注光明、积极的东西，你的世界就是光明、积极的；你关注悲观、痛苦的东西，你的世界就是悲观、痛苦的。

情境重现

老张是某公司的一名业务主管，手下有 ABCD 四名业务员，他们都各怀绝技。与工商局打交道时，只要小 A 一出面事情就会办得很顺利。而小 B 与税务局的人关系特别好。只要派出所的人来，小 C 出面肯定能摆平。小 D 虽然不会跟这些部门的人员搞关系，但公司所有的中老年客户都对他十分满意，来店里的老奶奶都对他赞不绝口。

作为这四名业务员的主管，老张如果是一个拥有幸福思维的人，他应该怎么想？他应该觉得自己的手下真是厉害啊，各路神仙，各显神通。我一定要给他们机会，让他们好好发挥自己的优势，为公司多做事情，使我们部门的业绩不断提升。

可是老张偏偏是个拥有负性思维的人，他总是这样想：小 A 这个家伙不知道跟工商局怎么搞得关系，肯定采用了一些非正常的手段，万一哪天出了问题会弄得我吃不了兜着走。我手下怎么能留有这种人呢？还是早点打发走了好。小 D 那个家伙，只会

> **智者言**
>
> 你的员工肯定会在某些方面有不足，但如果你只关注到这些，它们就会成为你的心理障碍，你就会形成负性的思维方式。

应付老太太。老太太一般都是上午来，其他的时间他都在休息。我得批评批评他，让他严格要求自己。

所以老张赶走了小 A，批评了小 D，从此，他的部门再没有热心工作的人，剩下的人都只是得过且过地混日子。一年下来，在全公司的业务评比中，他们部门落到了最后一名。

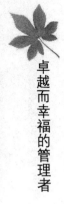

我们看自己，看主管，看员工，看工作不应该总是从负面看。我们应该只看有意义的事情、有价值的事情。没有人是十全十美的，我们不能苛求自己，更不能苛求别人。可悲的是，我们很多人往往只关注缺点，而看不到优点。没有幸福的思维方式，所以总是感到不幸福。

◉ 电梯口的梦露——有好思路就有好情绪

大家在自己的工作中，在自己的企业中，必须建立具有幸福思维的企业文化，尤其是主管更应该如此。

我在讲课的时候，经常会问学员们鼓掌的意义在哪里，他们大多数人的回答是在于激励。没错，鼓掌是为了激励学员学习的热情，激励老师讲得更好。所以，在企业中，抱着良性思维去激励员工"已经做到"的，激励"符合"你心愿的。这就是对幸福思维的强化，同时也一定会强化企业中这些幸福的元素，提升员工的工作热情。

有很多主管经常抱怨员工的素质差、员工的文化水平低，我是坚决不赞成这种说法的。人无所谓素质好坏，关键在于怎么去强化。如果一个员工做了十件事，其中八件都是坏事，怎么办？要么直接开除他，重新招聘合适的人；要么你就正确对待他的错误，强化他已经做到和已经做对了的事情。你也许觉得他已经做到的事情太少了，可是正是因为少才更需要你来强化，今天他做错了八件事，做对了两件事，那你就应该强化这两件事："不错，你今天的计划书写得很精彩！为自己鼓鼓掌！"明天他就会更加用心地去做另一份计划书，因为他觉得："老板是欣赏我的、主管是欣赏我的。"他就会觉得还有希望，他就会朝着还有希望的前途去努力。然后，他明天就会更积极努力地去把更多的事情做正确。一天天下去，这个员工就会走向成熟了。

相反，如果你用负性思维去看问题，那就麻烦了。"我跟你说啊，你今天的计划书虽然做得不错，但功不抵过，你点货时出了错，还得罪了我们的一位老客户，你实在是太笨了，以后要多注意啊！"这样对待员工，员工看不到任何成长的希望，从此只会破罐子破摔，一路沉沦下去。除非你准备把这个人开除了，否则你永远不要说这样丧气的话。

心理实验

　　美国有一座摩天大厦，一度有许多在这里工作的客户向大楼物业提意见，说电梯不够用，等电梯的时间太长，事态很严重。大厦的物业公司请了许多专家来会诊。经过全面调查研究和全方位测评，最后大家终于发现了问题所在。原来，当初在设计这幢大楼的时候，电梯建造没有采用中转站的方式，一部电梯一直开上去，所以运行一趟的时间很长。按工程学原理，应该把电梯直接改造为有中转站的形式。可是，如果进行改造的话，预计得花费几百万美元，而且耽误大楼的正常使用，商务活动肯定要受到影响，将会带来更多的麻烦。这个结果令董事会和业主们都很沮丧，如果让业主都暂时停业，大家肯定不愿意；不停业的话就没法改造。而且，即使停业改造，巨额的改造费也会让物业公司吃不消。

在走投无路的情况下，有人提议：在人力、物力、财力都不动的情况下，我们是不是请心理学专家来看看有什么办法可以让大家觉得等待的时间不那么长呢？

心理学家来了以后，做了一些实地考察，搭乘了一次电梯，之后提出了一些建议，很快问题便解决了，很快就没有人再反映等待电梯的时间长了。原来心理学家的建议是："不需要花那么多钱又耽误那么多时间来改造，你们在电梯旁边贴上大幅的梦露照片，再装上一面做工考究的大镜子即可。"

这个做法的依据是心理学家观察发现：等一趟电梯的平均时间是五分钟，其实并不算太长。但过去大家为什么有意见呢？心理学家看到等电梯的人们站在电梯口，彼此不认识，不聊天，只能看着自己的脚尖，无奈地等待，尤其是很多男士更容易急躁。虽然五分钟的绝对时间并不长，但在这样的情境下，等待五分钟相当于十五分钟、半个小时。心理学家还发现：如果在公共场所，比如在街上放一面镜子，男人照镜子的几率要比女人高一些。因为女人在出门之前，已经照好镜子了，她们一般不打扮好，绝对不出门，她们经过街上的镜子时只是瞥一眼自己的整体形象。而男人往往匆匆忙忙跑出家门，遇到个镜子会仔细照一照。

现在，如果在电梯口贴上梦露的照片，再装上镜子，等电梯的时候，男人先照照镜子，一转脸看看梦露在电影《七年之痒》中迷人的招牌动作，这样不知不觉中电梯就来了。问题就这样解决了。

因此，如果上述故事里只有一条思路，即从客户投诉的角度来寻找解决问题的方法，那就会破土动工花钱，就会沮丧，我们的生意就会遭到损失。而当我们用积极的态度来思考问题，考虑如何让等电梯的人觉得时间没有那么长，让他们不烦不躁，这时我们的解决办法就是积极的，而且也很节省资源。

仅仅从物的角度去理解事物的时候，就没办法从人性化的角度来解决问题。事实上，等电梯的人当时之所以投诉，主要是情绪上的原因，觉得在这里等待很难受，而把难受的原因直接归结为"电梯来得晚"。而心理学家发现：这个时间仅仅是几分钟，这种难受更多的是因为心理上的因素。假如让他等了五十分钟，那确实是浪费他的时间，但五分钟、十分钟，并不算大问题。

智者言

你要相信，在你的组织中没有一个素质差的人，有的只是素质没有得到完全发挥的人。

心理学告诉我们，判断事情的正确与错误并不是以事情客观的是非曲直为判断标准的，而应该以成功、健康、幸福这六个字

79

为判断标准。组织中的个体，一定要从自我开始，从领导者开始，从观念的转变开始，把所有的员工都培养成具有幸福思维的人。这样当企业出现问题时，根本不用领导过多地过问，员工就能够自行解决。有很多时候领导根本不用去强调，员工就能够积极主动地把握住。这样不断地良性运行下去，那么这个企业、这个组织的路就一定会越走越宽。

◉ 艾森豪威尔的智慧——不好大喜功

有很多伟大的人都谈到过"不可管理"这个话题，比如说中国最伟大的先知老子。老子一直倡导"无为而治"，这里的"无为"并不是说百分之百都不要去做，而是指要有所为有所不为，最终要达到"无为而为"的最高管理境界。

日本著名企业家松下幸之助的管理理论与"无为而为"理论有异曲同工之妙。由于松下幸之助的身体状况很差，经常躺在病床上，要么就去禅房，所以他对企业的管理几乎都是宏观层面的管理，具体的事务都交给中层们去做，他只是把握住企业前进的方向就可以了。松下幸之助说过这样一段话："我这个人是一只瞎猫碰到死耗子，正因为自己起不来，正因为自己做不成，正因为自己不能站在一线上，所以才学会了怎么用人。"

艾森豪威尔是第二次世界大战时著名的将军，他在做盟军司令之前没有打过一次仗，一个班都没有带过，一次前线都没有上过。因此他对武力和战争并不热衷。找这样一个人来指挥世界上规模空前的战争，这是罗斯福和丘吉尔这两大巨头的决定。指挥世界上杀戮最为残酷的战争的人却是最不欣赏杀戮的人，这才是

"无为而治"的极致。因此这种思路是非常智慧的领袖思路，是有别于以往的常人思维的，而艾森豪威尔的指挥才能也的确没有让他们失望。

智者言

　　一个军人能够不战而胜才是最优秀的军人。一个企业家能够无为而治才是最好的企业家。

　　艾森豪威尔一直坚持这个原则：凡是能不打的仗一律不打，凡是能不炸的城一律不炸，凡是能不杀的人一律不杀。二战中的风云人物多少都会受到一些指责，而艾森豪威尔在指挥完这么大的一场战争后，几乎没有人对他在二战时的行为提出一句质疑。艾森豪威尔之所以能够做到这样，是因为他深谙"不为而为乃大为"的道理。

　　台湾的著名作家林清玄说：我们曾做过无数的生涯规划，人生锦囊，可是在最重要的时刻往往出现不能完成的变数。所以作为企业的领导，不要把大事小情都安排得十分周全，这一方面不利于员工发挥自己的才能，另一方面，好多事情是不可预知不可管理的，不应该什么事情都争强好胜，有些时候低调一点，有所取舍才是最智慧的做法。

◎ 找到那只"带头牛"——下属也是你的客户

　　下属也是我们的客户，为什么这么说呢？因为作为上级，与下属的关系跟销售与客户的关系很相似。你需要让他们了解你，喜欢你；你需要让他们接受你的意见，按照你的要求行事；有的时候你需要使用一些小的策略，来使双方的合作沟通更迅速，更顺利；有的时候你会被拒绝，这时你就要下定决心，勇往直前；有的时候你只要需要找到一个很小的突破口，所有问题都会迎刃而解。

我们来看一个销售彩电的故事，不但能够从中学到销售的技巧，同时也能够领悟出上级与下属相处的攻守之道。

日本索尼（SONY）公司的彩色电视机在20世纪70年代中期登陆美国市场。卯木肇先生时任索尼公司国外部部长，他来到美国芝加哥市后，竟发现在当地寄卖商店里的索尼彩电落满灰尘，无人注意。

卯木肇先生日思夜想，试图找到打开产品销路的方法。公司前任国外部部长曾多次采取削价促销的策略。这不但没有使彩电的销量有所改观，反而使索尼在人们心目中成了一个三流品牌，形象扫地，更加无人问津。

面对这样窘迫的局面，卯木肇先生心中十分忧虑。一天，他偶然经过一处牧场，看见一位稚气的牧童牵着一条雄壮的大公牛进牛栏。公牛的脖子上系着一个铃铛，叮当叮当地响着。一大群牛跟在这头公牛后面，温驯地鱼贯而入。看着看着他忽然大叫一声："有办法了！"卯木肇先生想：眼前这一群庞然大物，规规矩矩地被一个不满三尺的牧童驯服，是因为牧童牵着一条"带头牛"，其他的牛跟着的并不是牧童，而是那头领头牛。如果能找到一家"带头牛"式的商店来销售索尼彩电，就应该能够很快打开销路了。

经过研究，卯木肇选定了当地最大的一家电器零售商——马歇尔公司作为主攻对象。一天他兴冲冲地赶到马歇尔公司，求见经理，但是经理不肯见他。第二天、第三天他同样都吃了闭门羹。卯木肇先生没有因三次碰壁而灰心。第四次去拜访，经理终于同意接见，卯木肇先生高高兴兴地走进办公室。

没等卯木肇先生开口，马歇尔公司的经理就大发了一通评论，大致的意思是：你们的产品降价销售，像一只瘪了气的足球，被踢来踢去没人要。卯木肇先生赔着笑脸表示一定接受意见，不再搞削价销售，立即着手改善品牌形象。他从马歇尔公司回来以后，立即派人把寄卖商店里的索尼彩电收回来，取消了削价销售的策略，并在当地报纸上重新刊登宣传广告，重塑产品形象。

卯木肇先生带着刊登了新广告的报纸去见马歇尔公司的经理时，他满怀信心。可哪知那位经理又提出："索尼产品的售后服务太差，我们不愿销售。"卯木肇先生没有争辩，回驻地后立即组建索尼彩电特约服务部，专门负责产品的售后服务。随即又刊登广告，公布特约服务部的地址和电话号码，保证顾客随叫随到。但是马歇尔公司的经理仍然拒绝销售索尼彩电。但卯木肇先生并不气馁，立即召见本公司在美国的30多位工作人员，规定每人每天向马歇尔公司拨五次电话，询问索尼彩电的相关事宜。这让马歇尔公司的经理大为光火："你搞的什么鬼?! 竟然干扰我公司的正常工作，太不像话了！"

卯木肇先生态度十分诚恳地对这位经理说："我三

番五次地求见您，一方面是为本公司的利益，但同时也考虑了贵公司的利益。在日本国内最畅销的索尼彩电，一定会成为马歇尔公司的摇钱树！"马歇尔公司的经理又找了一条理由：代卖索尼产品的利润少，比其他彩电的折扣少2%。这时，卯木肇先生不是急于提高折扣，而是巧妙地回答说："折扣高2%的商品，如果摆在柜台上卖不出去，贵公司获利不会增多；索尼折扣虽少一点，但商品紧俏，销得快，贵公司不是会获得更大的利益吗？"

卯木肇先生每一次发言，都站在经理的立场上，处处为马歇尔公司的利益着想，合情合理，态度诚恳，终于使这位经理动心了，同意代销两台试试。但他提出的条件十分苛刻："如果一周之内卖不出去，就请搬回去！"

卯木肇先生满怀信心，回驻地后立即选派两名能干的年轻英俊的推销员，送两台彩电去马歇尔公司，并对他们说："这两台彩电是百万订单的开始。你们把货送去以后，要留在柜台与马歇尔公司店员并肩推销。你们一定要与他们搞好关系，休息时轮流请他们到附近的咖啡馆喝咖啡。如果一周之内这两台彩电卖不出去，你们俩就不要再回公司了……"当天下午四点钟，两位年轻人回来了，报告两台彩电已售出，马歇尔公司又订了两台。卯木肇先生终于长长地出了口气。

至此，索尼彩电终于挤进了芝加哥的"带头牛"商店。当时正值12月，圣诞节前后，是美国家用电器市场的销售旺季，一个月之内，索尼彩电竟卖出700余台。马歇尔公司大获利润，经理一改之前的傲慢态度，亲自登门拜访卯木肇先生，并当即决定将索尼彩电定为该公司下一年的主销产品，与索尼公司共同在芝加哥市各大报刊登巨幅广告，提高产品的知名度。

有马歇尔公司这只"带头牛"开路，芝加哥地区的100多家商店，跟在后面纷纷要求代理经销索尼彩电。不到三年，索尼彩电在芝加哥地区的市场占有率达到了30%。

20世纪70年代，索尼彩电在美国上市的时候，还是不被认可的杂牌货。到了80年代，包括中国，都已经非常欢迎索尼的产品了。我曾经见朋友用过索尼的彩电，画面细腻、清晰，颜色纯正，而且不刺眼，到现在为止都是公认的优秀品牌，可是当初在美国上市的时候，竟然备受冷落。

为什么在日本畅销的产品，到了美国就受到冷落了呢，后来怎么又奇迹般地复活了？

首先，前任索尼公司国外部部长不自信，他一到美国就想着以低价的方式销售，使得产品形象尽毁，无人问津。因此，在产品定位的时候，一定得稍高一些，但也不要高得离谱。比如中国的汽车价格，一开始定得过高，然后一路降价，会让消费者总是在那里持币观望。假如你的产品价格能保持三年五年不动，品质优良从来不搞降价促销，大家也就不再持币待购，因为他们心里清楚不管等多久都是这个价格。这方面做得比较好的是海尔，海

85

尔从来不搞价格战。

其次，要找到"带头牛"。当然找到了"带头牛"，有时候也不一定能成功，因为你不可能一下子就驯服这头牛。在这种情况下，你唯一要做的就是坚持到底。卯木肇先生三番五次去找这家"带头牛"公司，才最终打开了市场，其中意志的力量是强大的。我们知道，美国著名影星史泰龙找工作找了1800多次，一个人能够做到这一点，是非常不容易的。我们还知道世界上最聪明、发明最多的人爱迪生，为了发明灯泡，做了1200次试验。实际上，他失败了1200次，他唯一的想法就是：虽然我不知道什么东西能发光，但我一定能试到它。在我们尚"不明事理"的时候，必须要坚持，成功往往就源自再坚持一下的努力之中。松下幸之助讲过这么一句话：所谓的失败，都是在成功之前放弃了。

同时，卯木肇先生还使用了一些"损招"，为了使他的产品能够被人家代卖而使用了一些小把戏：规定本公司员工每人每天拨五次电话，向美国的电器销售巨头马歇尔公司询购索尼彩电。一般来讲，按照规定接到求购电话，必须要做记录。这样搞得马歇尔公司的职员必须上报，不得不将索尼彩电列入"待交货名单"。虽然卯木肇先生再一次见到经理时，经理很气愤，但是最终还是达成了合作。我们在销售的时候，必须设法做一些超常规的东西。在生意场上，我们必须得想方设法，有的时候，稍微做一点超常规的事情，就会取得相当好的效果。如果没有这种勇气，没有这种心计，或者有些时候你没有这些超常规的点子，那都是不行的。只要做得合理、合法，就是可以的。当然了，不应该长期如此骚扰别人。

卓越而幸福的管理者

在合作之前的每次交谈中，卯木肇先生都站在对方经理的立场上，处处为马歇尔公司的利益着想，合情合理，态度诚恳，终于使这位经理动心了。

销售就是销售，销售的常态就是再好的美酒，也怕巷子深；销售的常态就是被拒绝；销售的常态是，肯定要被最知名的企业所拒绝；销售的常态就是你一定要三番五次地去努力；销售的常态就是在很多时候你不得不使用一些伎俩；销售的常态就是有的时候你不得不背水一战；销售的常态就是你必须尽可能多地找到你产品的优势；销售的常态就是你必须十分自信，非常明确果敢地推销自己。做领导也是一样的道理，你首先要充满自信，要在员工中树立你的威严，要让别人看见你的领导风范，不可以自贬身价。做领导还要懂得坚守阵地，就是说有坚持的毅力。不管是做企业领导还是管理人员，都要持之以恒，坚持不懈。另外，在涉及人的管理问题时，并非所有的时候都要坚持原则，有时这样做的效果反而不好。你可以像卯木肇先生一样，在不伤害别人的前提下，使用一些小的技巧或者说是计谋，但是一定要记住，前提是不伤害别人。

◉ 霍桑实验——只做良性暗示

怎样让自己的财富在短期内至少增加15%？看看心理学家相关的实验结论，你就知道怎么做了。

心理实验

1924 年至 1927 年间，美国哈佛大学的几位管理学和心理学专家联合做了一个举世瞩目的实验。

他们找到位于芝加哥的霍桑工厂，要求合作完成实验项目。可是，霍桑工厂老板却规定：实验可以，但必须能够使我们的企业增加效益，否则，合作立即终止。专家们爽快地答应下来，并签订了协议。

于是，心理学、管理学专家来到工厂，做了个简单的设计：首先，让一个车间的灯光亮度增加，变得明亮如白昼；让另一个车间灯光变暗，变得昏暗似傍晚。再由老板告诉员工：哈佛大学的管理学、心理学专家来了，正在给我们进行实验，目的是提高我们的生产效率。最后，检测看看哪个车间的工作效率会有所增加。实验随即正式启动，工人们开始照常工作。仅仅改变两个车间灯光的亮度，究竟哪个车间能提高产量、增加收入呢？

大部分人都以为会是灯光调亮的那组，而科学并非能够想当然的，很多时候需要一种理性的、可重复的、可操作的标准。这些专家最后得出的结论是：无论灯光调亮还是调暗，两个小组的效率都会提高，并且都提高了 15％ 。这就是著名的霍桑实验。

为什么不管光线变亮还是变暗，产量都会增加呢？因为心理学家已经事先给了大家暗示：我们正在进行一项实验，目的是提高生产效率。不管灯光调亮，还是调暗，大家都会给自己"要增加产量"的暗示。灯光被调亮的那组员工也许会想：是不是让我们在明亮的环境中更有活力呢？灯光被调暗的那组员工也许会想：是不是让我们静下心来努力工作呢？当双方都认为这是一个能提高效率的实验时，他们在自己期望值的带动下，效率自然就提高了。

表 2 – 1　霍桑实验表格

表 I

	灯光	效率
A 组	明亮	增加 15%
B 组	昏暗	增加 15%

表 II

	暗示	效率
A 组	积极	增加 15%
B 组	消极	零或负增长

霍桑实验告诉我们：当你认为自己可以进步的时候，当你每天都在寻找进步方法的时候，当你想方设法接触进步的书籍、接近成功人士的时候，不管能不能真的触摸到这些，只要你这么想、这么期待，你的能量、你的财富、你的成就至少会提高15%。

霍桑实验应用于现实中，可以告诫所有的企业老板、领导一定不要用指责、谩骂、贬低的方式来领导下属，因为用这种方式，每个人的潜力至少会降低15%，时间长了就会使团队走向没落、衰退。我们可以给团队中的成员定一些规矩，但是，千万不能给他们不良的暗示。心理学有一句话："你的语言就是你的魔咒。"假如你整天对你的员工说："你这个人就是不行，学习不好，能力也不行。"那他真的就会朝着你说的这个方向发展下去。这种心理暗示的作用到底可以大到什么程度呢？让我们来看看心理学界最经典的实验——催眠术。

有些大师催眠的技术很高，甚至有些实验的结果让人难以置信：一次，有位催眠大师对一群鸡"嘟嘟囔囔"地说了一些奇怪的话，这群鸡没过多久就睡着了，之后这位催眠大师打了一个响指，这些鸡又马上站起来。简直神奇得有些不真实。而大部分心理实验的对象是人，比如，如果催眠大师拿一个土豆给你，对你说："闭上眼睛，想象你现在拿着的是个苹果，这是一个苹果，又大又甜，尝尝苹果的味道吧……"你尝到的果然就是苹果的味道。催眠术可以改变你的神经传递，平时给你一个土豆的时候，你会用味蕾来感受它，而催眠大师告诉你吃的是苹果时，你会立即在大脑里把苹果的味道唤醒，让味蕾的神经传递封闭，嚼的是土豆，而传给大脑的信息却是苹果的味道。

英国心理学家，《力量心理学》的作者哈德飞，找了两组志愿者进行实验，分别给他们催眠。对第一组实验对象说的是："你现在身体非常非常虚弱，你已经变成婴儿了，你全身都很细

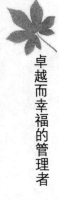

智者言

暗示的力量可以大到改善潜能，无论环境是良性的还是恶劣的，你都有15%的可能去冲破它，直至成功。

小，你的手指像小鸟爪子那么瘦。"之后发给他们每人一个握力器，这组实验对象的平均握力是29磅。然后，再对第二组进行实验，他对这组实验对象说："我现在给你口中滴的是营养液，是泰森服用的一种营养液，你会像泰森一样强壮，你会感觉到浑身上下都在发热，你的四肢正坚强有力地生长，你的肌肉在跳动，看，你的肌肉已经鼓起来了，你越来越强壮!"之后，再给这一组的实验对象每人发一个握力器，得到的结果让人咋舌——142磅。之后，在第一组和第二组实验对象都很清醒的状态下，发给他们每人一个握力器，测得的结果都是正常值——101磅。

　　所以，当我们对自己或者对别人进行"负性催眠"的时候，我们或者别人的力量就会减弱到平时的1/3，丧失了另外的2/3。当一个人认为自己不行了，而且真的相信自己不行的时候，他就丧失了2/3的能量。当你在工作的时候说"我不行，同事的业绩都比我好"，那么你完成的任务就很可能是最少的；当你在做生意的时候说"我不行，市场好像很疲软"，那么你的利润就很可能直线下降。这种负性的、觉得自己不行的状态在现实生活中大量存在，会把你拉入失败的深渊。实际上，不如意的结果不是由于你不行造成的，而是由于你认为你自己不行造成的。当你对未来充满希望，自信、努力的时候，你的未来也会随之向好的方向发展。我们每个人天天都在给自己催眠，每个人都是自己的催眠大师。

　　所以，想要成功的人要培养自己的良性思维，每天把自己的优势充分调动起来，认为自己无论在什么条件、什么状态下都能适应环境。"我不怕自己个儿矮"、"我不怕学历低""我认为我始终是有本事的""我以后的命运肯定会越来越好""我有一个

91

很贤惠的妻子在家等着我""我的前面有一大笔财富在等着我"，当你常常这样想的时候，你的财富就会增加1/3，你的力量也会增加1/3，你会增加克服困难的能力，你会有更多的成功，前方会有更多的坦途在等着你。

西方哲学强调：只有偏执狂才能最佳地生存。当然这不是指在人格上的偏执，而是指在事业上。坚持屡败屡战，坚持成百上千次，总有一次会赢的。松下幸之助说过：没有失败，只有放弃。

为什么有些人精力旺盛、生活从容、事业成功，大家都喜欢他？因为他拥有相当于五个人的力量。骄傲的人总比自卑的人有能力，虽然我们都希望自己是一个很有实力的人，但假如你现在还不是，宁可自负也不能自卑。你可以先走到自大、自狂的路上，这样起初可能会碰壁，可能有些事情做不到，但是，你只要往前一直走下去，相信最终一定会胜利，有一句话叫"Keep try-ing"，不断地尝试，最终会使你获得成功。

情境重现

我有一个学生，是个爱美的女孩子，她非常喜欢莫文蔚。有一次课间，她向我请教怎样才能拥有像莫文蔚那样的魔鬼身材和迷人气质。我看看那个女孩子，她长得很漂亮，而且也算苗条，只是对自己不够自信。于是，我告诉她："你回家在墙上贴几张莫文蔚的海报，每天起床后就学她的模样摆几个 pose，一定要学得像，连眼神、表情也要模仿得像，你就一定会越来越像她。"

她回去以后按照我说的方法做了，而且每天做完之后都对着镜子嫣然一笑，说："你真漂亮，气质也好，越来越像她了！"

也许你会觉得这很可笑，但是奇迹却真的发生了——那个女孩成了全系闻名的美女，不仅因为曼妙的身材，更因为她出众的气质，很像她的偶像莫文蔚。

每个人都应该对自己始终保持良性的暗示，环境的作用很大程度上可以靠心灵的力量来调节。作为企业的领导，不但要对自己不断地进行良性的心理暗示，更重要的是要对企业员工进行不断的心理暗示，这样才能够促使他们的潜能发挥到极致。

◎ 学会"与狼共舞"——超越市场竞争

如果有人问你这样的一个问题：你在路上走，碰上一群狼，怎么办？

也许你的第一反应是："跑。"其实跑是没有用的，人的奔跑速度肯定是不及狼的，所以跑的结果很可能是成为狼的晚餐。也许你是个勇敢善战的人，那么你可能会回答："打！"其实打同样也是不明智的，人不如狼凶残，不如狼有力气，打到最后也还是会变成狼的食物，所以说打也是没有用的。大家对这个问题的第一反应，也就是平时对生活、工作中遇到的问题的第一反应，都是给自己带来伤害的结果。

同样，假如在生意场中遇到了像狼一样的竞争对手，他一过来你就跑了，他一出现你就躲着，那么结果是什么？结果就是你最终成为牺牲品，被市场淘汰。如果你跟他"打"，你的各方面资源都不如人家，打起来之后你也难逃劫数，最好的情况是两败俱伤，但这对你没有任何意义，因为那样的话你也是个失败者。

我曾经在一次讲座中问了听众这个"狼来了怎么办"的问题，听众中的一个小女孩给出了一个比较有趣的回答，她说碰上一群狼最好的办法是站着别动，反正跑也是死，打也是死，都费劲儿，不如直接让狼吃了算了，还省事，反抗没有用。这样看来，依照大家的答案，逃跑要被吃掉，留下来跟狼拼了也要被吃掉，什么都不做也要被吃掉，难道就没有不被吃掉的办法吗？有人说"装死"，这个想法有创意，起码比跑和打生存下来的几率大。还有人说爬到树上，生存下来的几率是不是更大？

在企业创业和经营过程中，有一块利润蛋糕的时候大家都会来抢、有一个市场大家都会来争、有一种新产品大家都要来推。你会发现有很多很多和你竞争的对手，有些人面对竞争就很苦恼：这个市场要是我独霸的多好！实际上我们发现，独霸的并不好。有人和你竞争，对你自身发展的意义十分重大。我们来看下面一个故事：

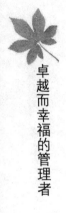

一位动物学家对生活在非洲奥兰治河两岸大草原上的羚羊进行过观察研究。他发现河东岸羚羊的繁殖能力比西岸的强，而且奔跑速度每分钟要比西岸的羚羊快13米。

对于这些差异，这位动物学家百思不得其解，因为东岸的羚羊与西岸的羚羊的生活环境和属类都是相同的，它们的食物也是一样的——一种叫莺萝的牧草。有一年，在动物保护协会的协助下，这位动物学家在东西两岸各捉了10只羚羊，把它们互换送到对岸。结果，运到西岸的10只羚羊一年后繁殖到了14只，而运到东岸的10只一年后仅剩下3只，其他的7只全都被狼吃了。

经过研究，这位动物学家终于明白了，东岸的羚羊之所以强健，是因为它们附近生活着一个狼群；而西岸的羚羊之所以弱小，正是因为没有天敌的威胁。

这是个有些类似生物进化论的故事。西岸的羚羊因为周围没有狼群，它们奔跑的速度没有东岸的羚羊那么快、奔跑的频率也没有那么高，警惕性也不高，对环境的残酷和竞争的激烈程度没有足够的认识。因此，它们的速度以及求生的能力都被消磨掉了。而东岸的羚羊，由于天敌的存在，所以符合物竞天择、优胜劣汰的自然法则，被吃掉的那些羊都是老弱病残的，东岸的羚羊知道要想不被狼吃掉，就要使自己变得更加强健、灵敏。如果体质差了，跑不动了，或者放松了警惕，那就随时都有可能成为狼的食物。东岸的羚羊会慢慢地接受这种生存环境，并为自己找到一种模式，那就是：只有强健、灵活、机警才能够生存下来。

生意场上也是这个道理，当你在做生意的过程中、当你在追求财富的过程中，有了竞争对手的时候，你应该明白，对手的存在对你是一种促进。当你真的把这种竞争当作是一种鞭策、一种激励的时候，你就会成为那些强健的羚羊。当你认为有了对手很麻烦，真的不想有对手时，你就可能会成为那一群羸弱的羊。

做好竞争的心理准备，做事情的时候你就不会焦虑，你会觉得有竞争对手是理所当然的。就像前面讲过的销售法则：你不断地去寻找你的销售对象，会不断地遭受拒绝，但是每一次拒绝都是你向成功迈进的一个过程，不必为此沮丧。

我们要知道：没有对手的市场是不值得去争取的。而且，这样的市场几乎根本就不存在。只有有了最好的市场、最好的产品，大家才会争相去做、才会有竞争，而如果你能在其中做到20％、30％，那你就已经是很强健的羚羊了。如果一个市场只有你一家独占，反而说明这条路是行不通的，否则别人怎么会不走，如果你还要沉迷其中，一直走下去，那你注定要失败。用这种良性的思维方式看待竞争对手，就不会生烦恼了。我们必须从各个角度调整自己对待竞争的态度，对待"狼"的态度，从而成为幸福的人。

有一次我去一家企业做员工减压的培训，讲到现代企业发展过程中，因为竞争十分激烈，又十分残酷无情，逐渐产生了员工压力大等诸多问题，给企业带来许多问题和麻烦，这种现象是普遍存在的，但从心理学的角度讲，这就严重不符合心理健康的原

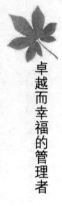

卓越而幸福的管理者

96

则，因为它表明的是一种负性的状态。管理大师余世维曾经引用过三菱公司管理者的话：在有很多人向我们挑战的时候，在有很多压力的时候，不许说"残酷""无情""压力"这些词，要说"机会"！要把每一次挑战都当作是一次机会！

每一次当我们把竞争、压力换一种说法的时候，都会给我们带来惊喜，也许会给我们带来更大的市场，或者更多的利润。我经常说，你的语言就是你的魔咒，你现在怎么说，你将来的结果可能就会是怎么样的。我们要学会让自己的语言都变成对企业、对员工和对自己都是有积极、正面意义的；是激励性的，并非总是沮丧的、倒霉的，好像企业明天就要倒闭了一样。现在许多企业的管理人员说惯了负面的语言，说了许多年，已经成了习惯，已经忘记了怎样说激励性的话，一定要改正过来。因为作为管理者，你的一句话对一名员工、一个部门甚至是一个企业都关乎生死。应该用积极的语言，而不能用负面的、不良的语言。这个道理同样适用于家庭生活中，夫妻之间积极的暗示能够使彼此的幸福指数更高。

可能有很多人会说："我的生活状态就是这样，我就是很糟糕，怎么办呢？"再糟糕还会有二战时的情况糟糕吗？在那么多飞机坦克下面，仍然有很多人保持了乐观、昂扬、满怀希望的心态。如果不是用这种积极的思考方式，他们从战争中走出来的时间就会更长，经历的灾难就更深重。可以说有90%的事情是可以通过积极的心理暗示或者乐观的态度做得更好。它是完全可以靠你的人格力量去改变的。

海尔集团 CEO 张瑞敏在一次演讲中曾经给大家讲过一个故事：

卓越而幸福的管理者

　　我在进军美国市场的时候，有一个日本人对我说："张先生，你是不是要进军美国市场呀？我给你讲一讲我在美国的一个故事。我的企业是生产微波炉的，也生产其他的电器，当年要进入美国市场的时候，我先做了一下市场调查，发现美国人凡事都喜欢大的，他们喜欢大汽车、大冰箱、大电视……于是我就把微波炉也做得很大。结果真的很受欢迎，赚了不少钱。后来，有一个贵妇买了我们生产的微波炉，有一次给自己身价几十万的宠物狗洗完澡以后，想要把它的毛弄干，就想起了微波炉。因为说明书上说：可用于加热。于是她就把爱犬塞了进去，后果可想而知。贵妇和爱犬感情深厚，将我的公司告上了法庭。"

　　其实这件事情如果发生在中国，谁都会认为这个贵妇愚蠢透顶，怎么不动动脑子呢。可说明书上确实没写不能给宠物加热。最终，美国的法律判她胜诉，让那位商人的企业赔偿损失。那位倒霉的日本商人告诉我美国人都是这样的，你要想在美国做生意，就要知道美国人的思维方式，否则，你将会一败涂地。

　　那位倒霉的日本人最后做出总结，美国人不是人，更像是狼，思维就是这么直接，你要想进军美国市场，就得先变成狼，用狼的脑子来思维，用狼的方式来做事，要"与狼共舞"。

我们现在在生意上，企业管理上，为什么很多事情搞不定，按下葫芦又起瓢，总是烽烟四起，或者不和谐。其中一个原因就是我们总用自己的想法去度量对方，我们自己不会把宠物放进微波炉里，我们就想当然地认为别人也不会把宠物扔进去。然而，美国人不是这样的。在美国做生意，你的说明书上必须列出明确的条款，因为你说什么，他就相信什么。你说微波炉的功能是加热，他就认为只要想加热的东西都是可以放在里面的，不会认为，它不能用来给活物加热。讨论是没有用的，对方和你就好像不是一类生物。你只要拿到钱就可以了，你不需要去改变他的思维方式。在这样的情况下你该怎样思维呢？你就应该变成他，因为钱在他手里。一个企业家必须想着：我要赚他的钱，所以我不能让他变成我，而是我要去了解他。

海尔是中国改革开放以来发展得比较稳定的一个企业，和海尔同时代的许多企业当时很红火，现在都烟消云散了。管理心理学中普遍认为一个企业只要能存在2～3年，就说明它有资金、也有市场和技术，否则早就倒闭了。能存活2～3年的企业都具备了这些外在条件，但为什么一些企业不能长期存在下去呢？为什么不能像海尔一样不断发展呢？原因就不在这些有形的东西上了，而在于企业家的人格与这个企业的文化上。中国企业在有了市场、资金、业务、技术和人的前提下，度过创业期之后，领导者应该在相对稳定的环境中提升自己的人格和企业的文化。如果

企业家的人格和企业的文化这些内涵的、核心的东西没有提升上来，这个企业就很难做到基业长青。

在竞争的问题上，张瑞敏的观点是不要去敌视竞争对手，认为有竞争对手参与是好事。同时张瑞敏认为客户有各种各样的要求也是很正常的，尤其是国外客户，有时候他们会提出很多奇怪的要求，而张瑞敏很乐于接受这样的挑战。海尔海外企划部的人就非常欢迎有人来提意见。你提什么，我尽量满足你什么。如果一个企业的主体文化是"与狼共舞"，它在处理与客户、合作伙伴之间的关系时都想着"与狼共舞"，那么整个企业就会形成以利润为核心的，没有冲突的、高效率的运营体制。这是中国企业家希望达到的境界，是成为高手的必经之路。

卓越而幸福的管理者

实现愉快沟通

从心理学的角度看，管理者不但应该能够洞察下属的内心，掌握他们的思路，而且应该能够以下属的内心所想为依据，积极有效地进行人际互动，使管理更加人性化、科学化。

心理学家经过研究发现，一个人如果想要与别人愉快和谐地沟通、想要被人接受，实现家庭型、客户型、同事型以及群体型的良好氛围，那就需要具备以下五个要素：

拒绝"没趣脸"——关注自己的形象

心理学强调这个世界的多样化和个性化，但最终大家都要达到成功、健康、幸福的目的。我们需要一些原理的指导来达到这个目的。

首先要解决一个问题：沟通交流过程中，内容与形式所占的比例各是多少？

举个例子，一个男孩儿对一个女孩儿说："我爱你！"这个女孩儿就会嫁给他吗？不会。因为说话的内容往往不是决定的因素。很多情况下，一个女孩儿愿不愿意嫁给你并不取决于你是不是对她说你爱她，而在于她是不是能够通过你的表现感觉到你爱她。沟通交流在很大程度上是一个系统性的东西，并不仅指谈话的内容。

心理学中有一个原则：在人类日常的沟通交流过程中，我们交谈的实质内容占30%，情绪、情感等其他因素占70%。

你跟客户说："用我这个产品吧！我们推出了新的超值套餐。"你讲这句话，内容本身只占30%。为什么两个业务员同时都在推介这个产品，说的内容几乎一样，都是公司要求的规范性语言，而一个总是能卖出去，另外一个总是卖不出去呢？因为内容只占30%，更重要的是其余的70%。

在职场和商业往来中，人与人之间传递的信息内容之外的东西是十分重要的，它占到全部信息交流的70%～80%。目前对沟通内容要求最高的场合是法庭，在法庭审判中，法官和罪犯之间、律师与律师之间的信息传递是一点儿都不能错的，说错一句话就有可能是生死之差，所以法庭沟通中，信息内容的重要性应该占到100%。可以这样说，人类在法庭上的辩论，是沟通中的最高级形式。但就是这样用事实说话的场合，人的形象所起的作用甚至比事实本身的作用更大。我们来看一个心理实验：

心理实验

美国社会心理学家奥格尔和奥斯特夫，为了验证、解决人类沟通过程中各种因素的不同作用，将美国100年来的犯罪案例找出来进行研究。他们没有按犯罪类别，比如盗窃、抢劫、杀人这样的分类，而是按照这些盗窃犯的仪表形象来分类，根据就是他们让人看了是不是舒服，至于这个人犯的什么罪不作为分类的标准。

他们把罪犯分为两组，一组是头发乱蓬蓬、衣服皱巴巴、表情凶神恶煞的罪犯，另一组是衣冠整齐、神态安详的罪犯。这样分好组后，开始比较两组罪犯的量刑情况，结果发现：收拾得比较整洁、看起来比较顺眼的那一组，平均被判2.8年。而那些看着不顺眼的、乱七八糟的那一组平均被判5.1年。这与他们所犯的罪行并没有明显的关系，可以证明仅仅是因为形象的差异导致了量刑的轻重。

表2-2　实验显示的外貌与量刑的关系

	犯罪举例	外形	被判年数
A 罪犯	杀人	不修边幅	5.1 年
B 罪犯	杀人	衣冠整齐	2.8 年

再来看看美国的总统选举，美国总统，尤其是20世纪的总统，基本上没有胖子，也没有很瘦的人。在美国人的印象当中，太胖的人是不太负责任的人，过瘦的人则是过于负责的人。所以美国总统的身材一般来讲都比较适中。

情境重现

（一）

里根竞选美国总统那一年已经七十岁了，跟他竞选的对手才五十多岁。在美国的历史上，这样的对决是没有什么悬念的，因为美国人崇尚生命力、崇尚活力。他们自然会选择五十几岁的人当总统而不是七十几岁的人。

在第一次电视竞选的时候，里根的智囊团帮他想出了一个变劣势为优势的点子。他们故意将演讲的台子抬高、把上台的路程拉长，并在路上铺上红地毯。那个对手首先上场，他慢步走上台去，平淡无奇地开始了演讲。

等到里根出场时，他穿了一身商务休闲运动装，三步并作两步跑上台去。那个台阶他事先练了又练，不知道跑过多少遍了，所以步伐轻盈矫健。所有美国人在这一刻都睁大了眼睛，"这是里根吗？他七十岁了吗？不像啊！怎么比刚才那个人还年轻！"一场演讲之后，里根获得了绝对的优势。民众都觉得，要么里根没有那么老，要么他的身心健康程度超出了常人。

（二）

有一年林肯总统向世界各国派大使，初选的时候采取的是推荐制，谁发现了合适的人选都可以推荐给林肯，由他来考察。

有一天，林肯的一位至交向他推荐了一个人。林肯在门口看了那人一眼，没请他进屋，就让他回去了。这个人回去以后对林肯那位至交说："林肯怎么这样？一句话都没说就让我走了。"那位至交马上去找林肯，对他说："你现在是不是太官僚了，太自以为是了？看一眼，你怎么就知道能不能任用？林肯说："不是我自以

卓越而幸福的管理者

为是，但是我确实看一眼就知道这个人能不能用，我看一下他的长相就知道。"那位至交继续追问："为什么呢？"林肯说："因为一个人的面相能够反映出他的性格。"接着林肯在纸上画了四张脸（如图2-1）。

图2-1 四种脸型

林肯转向他的至交，说："你推荐来的那个人的脸属于第四种。这第四种脸叫做'没趣脸'。其实没有哪个人生下来就是这副表情的，有这样的脸是因为他的经历不顺遂的原因。你推荐的人已经四十多岁了，脸上的这副表情说明在他过去的半生当中，经历了许多打击、挫折，并且他现在还没有从这些失败的阴影中走出来，他一直处于一种失落沮丧的状态。所以说有这类'没趣脸'的人不能用。"

林肯接着说："我每年不知道要任命多少人，作为总统，如果对推荐上来的每一个人都进行五年、十年的

智者言

心理学研究发现：形象对我们的影响，远远超出我们的想象。

考察，那我就不用做别的事情了！我必须具备一种能力，一眼就看出来这个人能不能用，至于细节可以以后再说，但是这个人能不能用、能用在什么地方，我必须能够很快看清楚。"

✳

在与人沟通的问题上，形式永远是大于内容的，这一点在双方刚刚开始接触的时候尤为重要。而且形式上的东西改变起来也最容易，改变之后的效果也最明显。因为如果与一个人进行言语交流，你在一定时间内获得的信息是有限的，而且这些信息的真实性并不能得到验证。但如果通过一个人的仪表、行为来获取关于他的信息，在相当短的时间内就可以看出对方的整体状态。

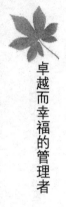

卓越而幸福的管理者

◉ 扶起倒下的拖把——心有序则事有序

情境重现

某知名企业的老板在招聘员工的时候有一个怪招，后来被许多企业效仿。那就是在考试的当天，主考官坐在办公室里，外面大厅等候着众多应聘者，从大厅到主考官办公室有一段长长的走廊，有的考生拿着资料往里走，刚到主考官面前，没说任何话，没做任何事，就被通知：考试已经结束了，你不合格。原因何在？因为公司悄悄在走廊上撒了些碎纸、杂物，旁边还有一把倒了的拖把，凡是能把纸片拣起来放进垃圾桶、把拖把扶起来的人，可以继续参加考试。如果你没有这样做，无论是硕士、博士，或是哪个名牌大学毕业的，他们都不要。

心理学讲：物为心之外化。通过细节最能考察出一个人的品质。如果一个人心中有数，从他的仪表、着装、言谈举止都会表现出来，他做事情也会有条不紊。我们所能观察到的一切就是他的内心。如果一个人觉得环境乱七八糟很正常、很自然，说明他已经习惯于乱，正常于乱，他的常态就是乱。因此，他做出来的事情也必定混乱。

看一个人究竟怎么样，听他的言语只是一小部分，观察他的行为占到70%。有的人说："我这个人心里很美，素质很高，有文化，有品位。"但是只是这样说是没有用的，得看他究竟是怎么做的。如果一个人说企业当然应该有序，有序会给企业带来效益、有序可以带来整洁、带来高质量。自然是很有道理的，但是地上的碎纸他没有拣起来，拖把他没有扶起来，那么之前说得再好也没有用。因为他已经通过行动向别人传递了不好的信息，这种非言语信息比通过语言传达的信息更有说服力。沟通就是指人与人之间的感受，别人通过行动已经看到了：你不是一个心中有数的人。

金利来集团主席曾宪梓曾经说："别人的领带卖100块、200块，而金利来的领带卖500块、800块，两个牌子的领带拿过来，称称重量，一样重；看看裁剪，一样大；摸摸面料，也一样。为什么顾客会出高于别人四五倍的价钱来买金利来的领带呢？因为我们做得精致。生产一条领带大概需要 30 道工序，每道工序都要做到有序、准确、精致。有一道工序做坏了，其他 29 道工序就都白费了。因此，我选的人必须是心中有数、有序的人。如果一个人，对企业中乱七八糟的东西熟视无睹，说明他的内心已经混乱习惯了。这种人，我是坚决不能要的。不能允许有任何一个人心里是乱糟糟的，不管他是什么学历，我必须保证我的品牌拥有高贵的品质。"

许多人经常说自己很忙，那是因为他的内心本身就有一些混乱。这样的人经常找东西找不着，做事情没有章法，经常找个钥匙也要找上半天，找一支笔要用半小时，文件、合同存放得都很混乱。工作效率怎么可能高呢？与人沟通时，审视对方是次要的，是第二位的，审视我们自己才是第一位的，大家都应该时不时地进行自我观察：你是高品位的人，还是低素质的人，你是心中有数还是一团混乱？

情境重现

我在学校里讲完这节课以后，常常给学生布置自我观察的作业：

你们回去，什么也不要动。看看自己的仪表是什么样，检查一下你的床，看床底下有没有很久没洗的袜子，有没有该刷的鞋子，有没有泡了很久还没有洗的衣服，床单是不是皱巴巴的，被子是不是没有叠？

后来，有学生告诉我："周教授，我们发现的东西比你想象的还要糟糕，发现枕头上有硬硬的大米饭粒，教室书桌的抽屉里有瓜子皮、废纸、塑料袋……甚至还有擦鼻涕的纸，大家根本不清理，都已经习惯了。"

有一年刚开学，一个学生找到我说："周教授，你说得真对，我发现自己就是这样一个混乱习惯了的人。暑假回来，学校把教学楼重新粉刷了一遍，看着雪白的墙壁，我就觉得特别别扭，感觉很不舒服。有一天，我趁人不注意，在白墙上踩了一个脚印，过了一段时间，墙上就踩满了脚印。因为我已经适应了脏的环境，太干净了反而不适应。因为我带头踩了一个脚印，这个脚印成为'领袖'，其他人也跟着往墙上踩，最后，墙上变得脏兮兮的，我又觉得自在了。不得不承认：原来自己真的是这样一个人，一个不爱干净、喜欢脏、喜欢乱的人。"

如果像这位同学一样，再标榜自己是一个高素质的人，就实在是荒唐了。因为你内心无序，所以做事很混乱，没有章法。只有心中有数，做事情才会有条不紊。

◎ 第五封情书——自信让你光彩照人

有人说我也知道外表很重要，应该注意仪表形象，可是我天

第二章 培养幸福思维

生的容貌就不好：个子不高，眼睛不大，皮肤也不白，怎么办？

一个人的形象到底是怎么形成的？为什么大家都说"长相"，而没有人说"生相"呢？因为"相"都是后天长出来的，它并不完全是天生的。即使你有天使一般的容貌，如果不注意对形象的雕琢，那你的形象也会变得丑陋的；而如果你天生的容貌一般，但是你很注重培养自己后天的气质，很注意塑造自己的形象，那么你给人的印象就是一个俊美的人。

心理实验

美国的一位心理学家想要做一个关于后天修饰与先天容貌之间关系的实验。他在一所大学里随机抽取了两名女学生和五名男生，他对这五名男生说："你们每人都要给这两名女生写情书，用你们最真诚的语气赞美她们，怎么能打动她们就怎么写，每写 500 字我付给你们 1000 美元。"这五名男生都很愿意。

因为是随机抽取的，所以这两名女生并不是最漂亮的。要给她们写情书，这五名男生就只盯着这两个女孩子最独特的地方，比如"晚上我躺在床上，想起了你，你的眼睛就像夜空里的星星。""走在校园里，你婀娜的身影总会出现在我的眼前。""昨天，我坐在你的旁边，听到你的声音，就像是小鸟在歌唱。"这两名女生并不清楚是怎么回事，开始女孩子还不太相信，时间长了她们以为自己真的是有这么大的魅力，所以她们就会更注意强化那几个男生在信里面提到的她们的可爱之处，而对那些男生没有提到的部分，也不断地改进，想方设法变美丽。她们总是在自我观察：我的牙齿够白吗？我走路的样子好看吗？她们对自己的外貌更加留心了。等收到她们各自的第五封情书时，这两个女孩子果然成了学校里最出色、最有魅力的女孩。

其实，人的心理很容易受外界的影响，尤其是女性，很容易被欣赏，也很容易被打击，这种心理暗示的力量是很强大的。从美国人做的这个心理实验看，只要你开始想要让自己美丽起来，只要你相信自己是有魅力的，每个人都可以变得更加光彩照人。

相由心生，有了信心，就能够拥有俊美的容貌和仪表。一个不自信的人，走到哪里都不可能受欢迎。你必须时常对自己说："我认为我自己是有能力的，我认为我自己是有魅力的！"让别人也能够通过你的自信感受到你的魅力。否则，你就会窝窝囊囊、畏首畏尾，或者是自大自狂，用反面的东西来表达自己，这时你的魅力就会荡然无存。

● 钟表店里的打火机——提升知觉背景

心理学中有一个名词叫做知觉背景，是指人在什么样的背景下，就会感觉到什么样的东西，就会给这种东西一个定位。所以说，如果你生产一种产品，就应该给它一个比实际价值稍高一点的定位。有人说这不是教大家"王婆卖瓜"吗？说得一点儿没错，就是要自卖自夸，卖高价。为什么教大家卖高价呢？松下幸之助曾经讲过：一个人要想

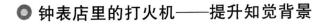

智者言

形象大部分是后天雕琢形成的，而这种对先天容貌的雕琢对人的气质形成有着极其重要的影响。

办法去挣钱，尤其是要赚取高额利润，这才是好商人。这是值得中国企业思考的问题，我们的企业竞相压低价格，一路把自己的产品由高端商品定位成地摊货，这样的苦果还吃得不够吗？只有择高而攀，企业的劳动价值才能得到体现，员工的工作才会有效率，工资才能提高，生活才会更有质量，企业的利润才能增长，如此才能形成一种幸福的良性循环。对于一个领导而言，这是一种艺术，而非仅仅是卖高价那么简单。

心理实验

很久之前，日本打火机都是在一般的百货商店或是卖香烟的杂货店里附带出售的，是廉价的一般商品，很不起眼，甚至有时还是其他商品的赠品。可是，日本丸万公司董事长长山丰在推出瓦斯打火机时，觉得将自己的打火机和别的公司生产的打火机一样摆在杂货店里、香烟摊上是不太妥当的，应该想点办法让自己的打火机与众不同。长山丰董事长思虑良久，决定将自己生产的打火机交由钟表店销售。

钟表店一向被认为是卖高级的贵重物品的场所，在这里出售打火机会给人什么样的感觉呢？大家可以想象一下：在凌乱黯淡的杂货店、香烟摊上，上面蒙着一层灰尘的打火机和摆在闪闪发光的钟表店中的打火机，这两者的身价简直是天壤之别。所以，最终这个公司的打火机成为世界顶级产品，它的销售额连续十年高居世界首位，原因之一就是它没有被放在香烟店、杂货店等售卖廉价产品的场所销售，而是一开始就放在钟表店这种高档场所中出售。

为什么仅仅是售卖场所的改变，就可以对产品的销售产生如此巨大的影响呢？

答案就在于产品定位的晕轮效应。晕轮效应是一种人际互动过程中形成的夸大的社会印象，是指当一个物品的某种特性给人以非常好的印象时，在这种印象的影响下，人们对这个物品的其他特性也会给予较高的评价。这是主观感情的泛化，这种爱屋及乌的感情，就像月晕的光环一样，向周围弥漫、扩散，所以人们就形象地称这一心理效应为晕轮效应。

图2-2 对打火机的感情的晕轮效应

一直以来，在顾客的心目中，打火机就是一种廉价商品。但是，丸万公司却一改往日的做法，将其放到了闪闪发光的钟表店里，使人们一下子改变了对这种低端产品的固有印象，从而使本来见不了天日的商品，变成了彰显尊贵、十分畅销的商品。

而与此相反，即使再高级的商品，一旦置身于廉价低劣的商品群中，也一样会被认为是低档的。比如一家公司一直卖便宜货，那么即使某天它推出一种高档产品，也很少有人会拿它当真正的高级商品来关注。因为在一般顾客眼里，这家公司卖便宜货的形象已经根深蒂固了。

你的产品是一个打火机，如果在杂货店或者香烟摊上代卖，左边放一盒两块五的香烟、右边放一盒三毛钱的火柴，中间放着你的打火机，那这个打火机最高也只能卖十块钱，而如果你的打火机放在明亮的钟表店里，就会身价倍增，左边劳力士，右边欧米茄，放在晶莹剔透的玻璃罩子里，它周围的商品最低的价格都是万儿八千的，那么你的这个打火机起码得价值上千元吧？

因此，对于自己的商品一定要有一个比实际的品质稍高一些的定位。如果说它本来是中端商品或者低端商品，千万不要如此老实地定位，一定要把它定位成高端商品，这样才是做生意、赚大钱的明智做法。

因此，做生意、做管理的背景因素、起点因素很重要。通俗地说就是人的以点概面的心理和相信主观判断的心理。在认识人的过程中，人们常从对方所具有的某个特征而泛化到其他一系列的相关特征，也就是从所感觉到的特征泛化推及未感觉到的特征，根据接收到的局部信息来形成对人或事物的一个完整的印象，从一个中心点逐渐向外散成越来越大的圆圈。

沟通也是一样的道理，想要实现愉快顺畅的沟通，就要把握好对方的心理，先要自信，才能在对方的心目中留下一个最有利于自己的形象。因为一旦在对方的印象里有了一个较为固定的形象后，再想改变它是非常困难的。所以，运用"定位的晕轮效

卓越而幸福的管理者

应"的沟通策略，给人留下好印象就比较容易了。

人的第一印象会留在脑海里很长一段时间，这种心理规律是谁都不能逃避的。一个打火机放在一块金丝绒的缎布上，周围放上钻石，用柔和的光线打在上面，那么我们对它的感受就完全不同。这是所有人在心理上的必然反应。

智者言

做人也好、做管理也好、做生意也好，给自己一个更高的知觉背景，会得到更大程度的认可，收获更多的利润。

所以，在沟通中一定要提升自己的知觉背景，使对方把自己定位为"放在金丝绒布上的高端产品"，这样会使以后的沟通更加顺畅而愉快。

● 爱因斯坦等于零——邻近高效原则

其实，邻近是多向的，积极的做法是重视身边的人。松下幸之助说："人的一生中往往受到缘分的操纵；人与人之间的关系，不应该因为个人意志和思想的不同而轻易断绝，它在冥冥中似乎受到某种更高层次的力量的影响。我们更应重视现在的人际关系，同时感谢现在的这一切。"

表2-3　爱因斯坦与你的员工

	智商	对你有用的部分
爱因斯坦	150	0
你的员工	100	100

作为企业管理者，你一定希望像爱因斯坦、比尔·盖茨这样的人物都能来你的公司工作，但是，你想的这些人对你来讲都

是零。

假如爱因斯坦的智商是150，你是120，你雇用的人都是100，你的雇员有100个，那么爱因斯坦的150对于你来说就是0，而你的雇员对于你来说就是10000，把周围可用的人加起来就会使你强大很多。

一句电影台词说："世界上有那么多的城镇，城镇中有那么多的酒馆，她却走进了我的酒馆。"所以要珍视当下的人际关系，把这些当作是一种缘分来珍惜。而且邻近才能高效，珍惜身边的人，公司才能运转协调，利润才会持续增加，你的人格魅力才能够得到最大程度的展现。

◎ 帮领导买西装——全面了解才有默契

作为领导，你的团队成员之间，团队成员与你之间是不是默契，关系到你的企业的工作效率。与员工接触产生了第一印象之后，就会与他们开始一个更长远、深入的沟通，在长远、深入的沟通过程中，有许多诀窍。

假如你手下有100名员工，你跟他们都有接触，那么在这100个人当中，最终有多少人会成为你的核心员工？你的100个员工当中能给你带来效益的占多少，能够对你的一个眼神、一个动作都心领神会的有几个？在这些问题上，二八定律也是适用的。也就是说你接触的100个员工中，最多有20个会成为你的核心员工，能够跟你达成高度默契的人就更少了。而你的员工给你带来的效益中，有80%来自这20%的员工。所以你应该重点培养那20%的员工，多与他们交流，尽可能与他们做到心领神会。这需要更深入、有重点、长久地交流。

如果一个领导以为自己所有的员工都能给自己带来效益，那么他注定要失败，因为没有侧重的交流很可能造成企业中完全没有默契。谁遵循二八定律，最终锁定那20%，把那20%做透，谁才能做成功。

做领导要想效率高，想让自己的生活和工作都幸福，就得让自己周围有这20%的人，培养忠诚于自己的那20%的员工。你应该找出若干个这样的员工：你说一句话，他就知道你想干什么。带他一起去谈判，你一挤左眼，他就知道这是要抬价；你一挤右眼，他就知道该缓一缓；你一抬右手，他就知道你的意思是可以签约了。你们俩合作战无不胜，对方都还不知道怎么回事，就跟你们达成共识了。如果这样的话，就说明你与你的下属合作的成功率比较高，一呼一应，非常默契。怎么才能达到这种默契度呢？这是我们的企业领导人需要用心思考的。

许多时候，我们判断一个员工能不能跟我们达成默契的主要依据就是这个人跟自己是不是投缘。所谓投缘就是对事情的看法和脾气秉性跟自己相似。那么具体的判断标准是什么呢？与一个人达成默契的前提是全方位地了解这个人，归纳起来，就是你要了解：

他的十个优势是什么？

他的十个心愿是什么？

他的十个习惯是什么？

只有你了解了这些，才能够知道你有没有可能跟这个人达成默契，或者说哪个人更容易跟你达成默契。一旦你和这个员工建立起了这种关系，这个员工会十几年甚至几十年都不愿意离开你和你的企业。

同时，如果你是企业的中层管理人员，你除了要与你的下属达成默契外，同时很重要的是你还必须跟上级达成默契，这是作为中层领导承上启下的性质所决定的。

心理实验

小张，将近一米八的个子，长得很帅，在大学里一直当班长。一毕业就应聘到房地产公司做了办公室主任。上司李总很器重他，小张也很努力，想大干一番。

一天，李总请工商局黄局长吃饭，宾主落座以后，李总说："小张，你来点菜吧！"小张看都没看菜谱，就说："京酱肉丝、酸辣土豆丝、番茄鸡蛋汤……"还没等他点完，黄局长就站起来对李总说："李总，忽然想起来今晚有急事，我先走了。"黄局长走了以后，李总脸都绿了，怒斥小张道："小张，你傻了？你以为你在你们学校门口的餐馆啊？点这种菜让谁吃啊！我们的顶头上司，你就请他吃酸辣土豆丝？明明就是看不起人家嘛！"

过了一个月，税务局局长来了，这回可得慎重。小张就想今天怎么点菜呢？对，点贵的！大家来到饭店，李总说："李局长您请坐！小张，点菜！"小张早就想好了，脱口而出："龙虾，三斤！单头鲍，十五个……"他刚点完，李局长站起来对李总说："刚想起来，有个急事儿，我得赶紧走。"客人走后，李总又训了小张一顿："你点的头两个菜就要三万块，他敢吃吗？以后有人向上级反映税务局局长去房地产公司吃饭，一顿吃了四五万元！你还让他过不过？全都给我搞砸了！"

又过了两天，李总准备去欧洲谈生意，对小张说："小张，这次到欧洲去，你嫂子不在家，你去给我买两件西装。"小张挑了两件名牌西装，皮尔·卡丹的，都是欧版。李总个子不高也不壮，买回来以后一穿身上，松松的，还能再装下一个人。

"算了算了，还穿原来的衣服吧。"李总穿着旧衣服走了，给小张撇下一句话："小张啊，你来我这儿一年了，我咋老觉得别别扭扭的，这次我出国三个月，你好好想想。"

李总从欧洲回来，谈成了两千万元的生意，心里高兴，召集大家去吃饭，又让小张点菜，小张心想：便宜的不行，贵的也不行，中等的，家常菜吧，于是脱口而出："酱牛肉！"李总一听就火了："小张，你这个人怎么回事！跟我对着干？我在欧洲吃了一个月牛排，烦死牛肉了，你怎么上来就点牛肉？"

回来就不顺心，扭头一看，还带着司机，就对司机说："来，小王，你点！"司机小王不到一米七的个头儿，皮肤黑黑的，高中毕业。小王说："老板，我点？"李总肯定地说："点吧！"小王没看菜谱，直接说了三道菜："小葱拌豆腐、油炸老鳖蛋、秘制莲藕……"李总听了惊讶地说："我在飞机上，就想吃小葱拌豆腐啊！你点的这三个菜都是我在飞机上想吃的！"

过了一段时间，李总又要去欧洲，就对小王说："小王啊，你去帮我买两件西装。"小王买的国产西装，罗蒙的，李总一试，高兴地说："怎么这么合身！"转身又对小张说："小张，来来来，我一直下不了决心啊，现在终于下决心了，你俩换换位置，小王做办公室主任，你去当司机。"

为什么？

原因很简单，每次点菜，菜单都有好几联，小王都会把其中的一联收起来，收集了老板点过的五十几个菜单。大概有几百道菜。他把李总点得最多的十道菜都记下来：第一名是小葱拌豆腐，排在第二位的油炸老鳖蛋是老板最喜欢吃的，一般人不会想到点这道菜。每次老板点完这道菜都要跟宾客们讲一讲这道菜的独到之处，所以小王的印象很深。

小王知道：我自己个子不高，学历不高，能力也不是很强，我只能靠和老板之间的这种默契来提升自己；我得顺着老板的意思走。所以他对老板的一言一行都注意观察，每次老板脱了衣服让他去挂起来的时候，他都很留心。他发现老板穿的西装，无非两个牌子：罗蒙和培罗蒙，都是国产的品牌，偏业洲人的尺寸，而且基本上都是 A 版的，适合中等身材的人穿。而且老板不喜欢穿纯色的西装。小王去买西装只考虑三个要素：A 版的、杂色的、罗蒙和培罗蒙这两个牌子的，买回来以后老板 100% 喜欢。

显然，小王与老板之间的这种默契是后天形成的，而且与学历、长相这些硬件条件都不挂钩。很多人总觉得，自己做不好事情跟学历有关，或者生活不好是因为自己知识水平不高。这些因素可能会有一部分作用，但都不是决定性因素。

小张和小王两个人都跟着老板，经历的事情一样多。为什么小王能和老板达成默契，而小张学历那么高，却和老板没有默契呢？为什么老板在飞机上想吃什么菜，小王都能猜出来？就是因为小王对老板有了一个全方位的了解。

你不是领导，但是你知道有些事情领导不好做，那么你就应该去做。你的老总爱看什么杂志？爱穿什么牌子的西装？文件、资料有什么摆放规律？这些习惯你都要注意。假如前面的这些事情你都做到了，你的上司查资料找你，买西装找你，安排客户、日程，都来问你，总之，他的事情离开你就玩不转时，你说你的前途能不光明吗？很多时候，我们知道方法但就是做不到。实际上，很简单，只是看你对老板用不用心。

一个企业刚创业的时候，必须首先考虑有没有资金，有没有技术，有没有市场，因为那时候属于起步状态，你不考虑这些就生存不下去。但是，一旦有了这些基础的时候，也就是企业进入平稳发展阶段之后，就必须考虑有没有适宜的企业文化，把一些内涵性的、根本性的东西树立起来。说到这里，我想再举一个例子，那就是前中国男子足球队主教练米卢。

 情境重现

米卢在中国做了一件惊天动地的事情——让中国足

球队冲出了亚洲。米卢不是一个中国人，他的家庭也不是足球世家，但是他成功地带领中国足球走进了世界杯赛场。在米卢之前，我们有四十多年一直没有进入过世界杯。我们都很佩服这个人，他不仅为我们的国家带来了荣誉，同时也为自己带来了财富。有人说他做广告，做代言人，带走了几个亿，可以说是名利双收，他是一个英雄人物，传奇人物。

米卢带领中国足球队冲进世界杯那场比赛之后，在沈阳五里河体育场召开了赛后记者招待会。许多记者都问了他同样的问题："米卢先生，你把中国足球队带入世界杯的秘诀是什么？"许多人都记得他的回答是："态度决定一切！"其实这句话并不是最重要的，重要的是米卢曾在《中国青年报》、《人民日报》、《光明日报》等多家媒体上所说的："我给中国队带来的仅仅是一些和谐的气氛。"非常意味深长。

智者言

默契是后天培养的，所以人人都可以做到。

足球作为团队项目，最讲究的就是配合默契，米卢所谓的和谐气氛指的就是队员之间配合的默契度。我们的足球之所以那么多年没有进入世界杯，技术上的差距当然有，但团队成员之间的默契是更大的问题，配合不好是中国足球难以出线的最主要原因。

对于一个组织、一个企业来说，也是同样的道理，默契的配合、和谐的气氛是推动企业发展的强劲动力。

给别人一个舞台

◎ "小个子"的大背景——发现最可爱的人

对于才华的敬仰可以说是绝大多数人的天性。因此，一般来说，人们都喜欢聪明能干的人，而讨厌愚蠢无知的人。与能力强的人交往可以使我们学到不少东西，少犯错误，日臻完善。能人往往是众星捧月，愚人往往是被遗忘在角落。在人际交往中，为了增强自己的吸引力，就要努力提高自己的文化知识水平，使自己变得聪明能干。

但是，一个人的能力如果远远超出了他所属的群体，而又不犯一点错误，这似乎给人一种高高在上而不真实的感觉，反而使人敬而远之，不招人喜欢。相反，略有瑕疵的能人，使人感到更真实可信。因为"人无完人，金无足赤"。所以，在与别人沟通的时候，不能要求太高，不切实际。

作为领导，你的水平也许比企业中的其他人高，但是你不能因此而挑剔你的下属，如果这种挑剔到了不切实际的程度，你的下属就会心生恐惧，不愿再与你交流。同时你也不能期望自己没有缺点，因为如图2-3所示，最受人喜欢的人其实是那些能力很强而平时又会犯点小错误的人。

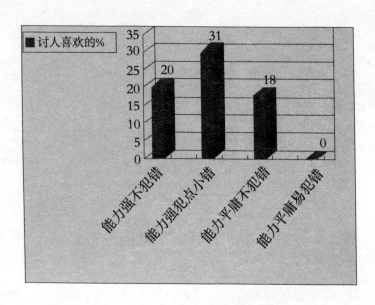

图2-3　什么样的人最讨人喜欢

正如我国著名翻译家傅雷在《傅雷家书》中讲的："对终身伴侣的要求，正如对人生一切的要求一样不能太苛。事情总有正反两面：追得你太迫切了，你觉得负担重；追得不紧了，又觉得不够热烈。温柔的人有时会显得懦弱，刚强了又近乎专制。幻想多了未免不切实际，能干的管家太太又觉得俗气。只有长处没有短处的人在哪儿呢？"

心理实验

在我这么多年的心理咨询经历中，对一个孩子的印象非常深刻。这个孩子上高中时成绩很好，是县一中的第一名，老师、家长、同学包括他自己都觉得他能够考上北大、清华一类的学校。但是谁知道他高考的成绩十分不理想，被一个一般的本科大学录取了。

卓越而幸福的管理者

他自然很失落。开学报到,他到了宿舍一看,三个人的宿舍,另外两个同学已经住进去了。其中一个同学一米九的个头,身体很单薄,觉得好像随时会被风吹倒。于是他就给这个同学取了个绰号,叫"一风吹"。另外的一个同学则是个小个子,其貌不扬,是个光头,而且不苟言笑。他心想:"咋这么倒霉呢!刚上大学就碰上这种同学,我得找老师调宿舍。"老师问他什么理由,他说:"因为他们俩一个身体太单薄,一个是光头。"老师说:"这怎么能作为理由呢?"老师没有批准他的请求,他在宿舍越住越感到郁闷,总是不能集中精力学习,到最后弄到要退学。后来,他的家长找到我,希望我能够给他做一下心理辅导,我答应下来。

一开始我对这个孩子说:"限你在三天之内找到你同寝室的那两个同学的优点,先从一个人开始,随便什么优点都可以,只要找到其可用之处、可爱之处就可以。"他当即回答我说:"没有,我都找了一个月了。""那这样吧,你什么时候找到了什么时候再来。"

过了两个月这个孩子又来找到我:"周教授,现在真的能体会了,我理解您什么意思了。"他说:"'一风吹'和'小矮个儿',我最终还是觉得小矮个儿能接受一点儿,就先从小矮个儿开始说吧。我按您的说法,天天跟他交流,跟他一块儿玩,这个小矮个儿不仅个子矮,还有个大毛病,就是不爱说话,你跟他说十句,他都不回答一句。但是不管你说去哪儿他都愿意跟你去。上星期日他把我领到他家去了,我一进他家感到十分震

第二章 培养幸福思维

125

惊，他们家是楼中楼，三百多平方米的房子，他爸爸开的是奥迪 A8。"

"我跟他和他爸爸三个人吃饭，他爸爸就对我说：'孩子，知道为什么请你来吗？非常感激你。他六岁的时候我跟他母亲离婚了。他现在还很恨我，我觉得内心有愧，觉得儿子恨我是应该的。但是，最让我难受的是他不爱说话，非常自闭，没有朋友。直到最近这一两个月，儿子回来的时候对我有笑容了。他说学校里有个同学老是说他好，老是称赞他。我的儿子现在竟然跟我说话了，跟我交流了，有笑容了，真的非常感激你。'所以我现在看见'小矮个儿'，我就觉得自己做了一件大善事，心花怒放的。一看见他，我就想我也不是那么倒霉，也不是什么事情都办不好。我现在觉得每天的生活都很有意义。另外通过和这个'小矮个儿'接触以后，还真发现他身上有很多优秀的品质。人家住的是三百平方米的大房子，人家爹是大老板，可是他一点都不张扬，全班人都不知道。在这个'小矮个儿'身上我看到了男人的定力。"

从这个"小矮个儿"身上开始，他在"一风吹"身上也找到长处了。年级季度篮球赛，篮板球都是他的，而且其他的运动他也都很在行。这个孩子对这两个室友渐渐开始有了好感。

品格在人际交往中有着重要的作用。品格高尚的人，在人际关系中一般受人敬重；品格低下的人，则遭人唾弃。究竟什么样的品格在人际关系中最具吸引力呢？心理学家做了许多研究。其中帕里等人曾就友谊问题访问了 40000 多人，结果表明，吸引朋友的良好品质有：忠诚、热情、幽默、宽容等，其中忠诚是友谊的灵魂与核心。美国心理学家诺尔曼·安德森的研究也指出：真诚的、诚实的、忠诚的、真实的、信得过的和可靠的品格是最受人欢迎的。此外，还有心理学家阿希等人的实验表明，待人热情、乐于助人也是吸引他人的核心品质。待人真诚、热情总是表现为喜欢他人，接纳他人，尊重他人，因此也受人喜欢。1977 年弗克斯和西尔斯实验也证实了喜欢别人的人是最受别人喜欢的。

对于你的员工，你的同事，即使你再不喜欢他们，他们身上也会有很多闪光的东西，他们身上总会潜藏着一些优势，有待于我们去发现，有待于我们去利用。只要不过于追求完美，你就会发现你的企业中有许多很可爱的人。所以我们应该更多地去发现别人身上的优点，试着去喜欢他们，把他们变成最可爱的人，这样我们才会成为最可爱的人。

◎ 5% 的魔法——只看下属的优势

我们应该不断地发现最可爱的人，可是也许有人会提出疑问：按这样的说法，岂不是所有的人我都应该欣赏？我应该跟所有的人都搞好关系吗？可是有些时候确实没办法，有些人我无论如何都喜欢不起来，更不要说让我欣赏他，跟他默契合作了。这时候应该怎么办呢？

请大家画一个横十行、竖十列的表格，这样就正好有一百个小格。其中每一个小方格代表人们的一种优点，或者是突出的能力。那么，在你心里一个人要至少拥有多少项能力和优点，你才愿意去欣赏他、接受他呢？

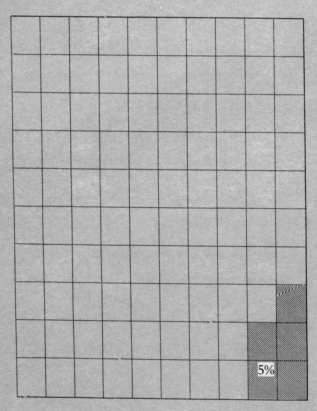

对上司、对客户、对家人，对陌生人，你都不可能要求他做满100项，也就是说你不可能要求别人具备各方面的能力或优点。事实上，每一个正常人的优势都不会超过5%。如果你的团

卓越而幸福的管理者

队有 50 个人，每个人有两项能力很突出，也就是有 2%，那么整个团队加起来就是 100%。但是，假如一个团队，要求每个人都有 80% 的优势，结果肯定不理想，因为根本做不到，到头来这个团队只会士气低沉，越来越没有干劲。而且，如果你是领导者，则会更加苦恼，觉得看谁都不符合标准，找不到一个可以信赖的人。

作为管理者，很重要的一个理念就是你要善于发现别人的优势，尤其发现下属的优势，这样才能够使各种各样的人都为你所用，帮你成就大事。

曹操就是善于发现下属优势的领导者，我们前面提到过他对许褚的重用，他看中的是这个人会做事，有能力，而不是一味地强调他是个山贼。如果你是一个文化人，不能要求别人都是文化人；你是学者，你也不能要求人人都是学者；你是文明人，你不能要求人人都是文明人。这一点对于一个组织的管理者尤其重要，你不能用自己的标准去衡量你的下属，这样不切实际，也会伤害到他们的感情，使他们一个个都离你而去。

曹操说过这样一段话：满地都是人才，我相信魏国河边肯定有姜子牙坐在那儿钓鱼呢，只是还没有被发现；我相信十里之内，肯定有陈平那样的人，难道因为他和嫂子通奸就不能得到重用吗？这就是曹操的用人哲学：只看人才的 5%。

在你的企业里，假如你按 5% 的优势魔法去要求下属，你会发现他们每个人身上都有自己的优势，问题在于如何去开发、去利用。A 员工个子高、B 员工业务好、C 员工有背景、D 员工会开车、E 员工语言表达能力强……想想谁都觉得有用，因为只想到了他的长处，于是看谁都顺眼。而且，这个团队的成员对你的你是领导，但是你不能要求所有的人都与你一样优秀，他们只要有自己的5%的优势，就足以帮你成就大事。

态度也会发生根本性的转变，变得非常喜欢你。因为你看到的都是他们的优势，他们自然很感激你。对每一个人都用欣赏的眼光去看，尽管他有95%的毛病，但是你没看见，你只看见了他的5%的优势。正因为团队中的每个人都觉得被你欣赏，你在这个团队中的领导形象就是亲和的、可爱的。这就是5%的优势魔法。

◉ 送人一个"安心夹"——满足对方的需要

我们与人交往合作的时候，无论是与亲人、与同事、还是与陌生人，所有的沟通都有一个共性的原则，只要遵循这个原则，沟通就会高效，这个原则就是满足对方的需要。记住"需要"这两个字是万能的，如果满足不了这一条，沟通都是低效的。

情境重现

在美国，有一个专门陈列不成功产品的展览馆。一进大门，在最显眼的位置摆着美国历史上最不成功的产品：一个老鼠夹子。这个老鼠夹子的销量最差。为什么这样一种极普通的产品会得到"最不成功产品"的称号呢？而且一个老鼠夹子即使有质量问题又能严重到哪里去呢？

许多人认为，能夹住老鼠的老鼠夹子才是最成功的老鼠夹子，这种老鼠夹子之所以被评为最不成功的老鼠夹子，一定是因为夹不到老鼠。但是，这只老鼠夹子并非伪劣产品，而且它十分灵敏，夹老鼠几乎百发百中，也正因为如此，它才成了"最不成功产品"。实际上，在很多情况下，商家盈利与否与这个产品管不管用联系并不大，真正与赚钱相关联的是消费者的需要是不是得到了满足。

我们来假设一个场景：一对夫妇住在一栋大房子里，发现家里有老鼠的痕迹。妻子对丈夫说："下班的时候买只老鼠夹子回来，咱们家可能有老鼠。"丈夫下班后去买了一只老鼠夹子。晚上，妻子把老鼠夹放在厨房门口，在夹子上面放了一块肉，然后去睡觉了。这位丈夫买的就是那种"最不成功的老鼠夹子"，这种夹子夹老鼠百发百中、逢鼠必夹。

第二天早上丈夫去上班了，妻子开始打扫房间，打扫到厨房门口时，突然看见老鼠夹子上夹着一只肥硕的死老鼠，她尖叫一声："Oh，My God！"她一定觉得很恶心，但是又不敢搬开老鼠夹子把死老鼠拿出来，真是又害怕又恶心，她只好跑到外面去，不敢再在家里呆着了。到了中午，她实在忍受不了了，早上的情景不时在她脑海里浮现，她就给她丈夫打电话，可是丈夫今天恰好忙得脱不开身，这位妻子只好自己先回家，可是什么事情也做不下去了，因为她心里总惦记着：有只死老鼠在厨房。

终于熬到了晚上8点，丈夫回来了，看了现场之后拿起铲子，连老鼠带老鼠夹子一起扔掉了。其实老鼠夹子的说明书上写着：夹住老鼠以后，请您用左手把夹子松开，然后用右手把老鼠拿起来扔掉，再把夹子关好。可是怎么会有人这样做呢？尤其是在城市的家庭里，肯定不会有人去松开老鼠夹子用手拿死老鼠。

丈夫把夹着老鼠的老鼠夹子扔掉后，他对妻子说："夹子不错，明天再买一个吧?"第二天丈夫又买了一个回来，晚上放在厨房以后，他们就去睡觉了，可是妻子躺在床上就想：明天早上又会看到一只死老鼠，那可怎么办？老鼠都是夜里 12 点左右出来活动的，那么到早上 8 点的时候，老鼠很可能已经死在那儿快 10 个小时了！于是，她夜里醒了很多次，去厨房看看有没有死老鼠。妻子晚上 12 点的时候去了厨房，发现没有死老鼠，回来以后还是睡不安稳，凌晨 2 点钟再起来……第三天，丈夫说："再买一个吧?"妻子就坚决反对了，她生气地说："宁可让老鼠跑到别人家被捉住，我再也不去捉它了!"

其实什么样的老鼠夹子才会热卖呢？答案就是从来夹不住老鼠的老鼠夹。主妇把这样的老鼠夹子放在厨房，早上起来一看没有夹到老鼠，她就会觉得"这证明我们家里没有老鼠"，虽然这难免有些自欺欺人，但是她心里很高兴。因此，美国最不成功的产品，就是这个每夹必中的老鼠夹子。

———————————————✳———————————————

对于所有的商人、销售者来说，第一考虑的，不应该是功能，而应是销量。我们需要这样的产品：把老鼠夹放在那儿，人们晚上就可以睡得安心，不放人们就睡不着；夹住老鼠，也睡不安心。其实老鼠夹子的真正功用并不是为了夹老鼠，而是一个"安心夹"。

所以，在与人交往的过程中，我们一定要了解对方的真正需要是什么，努力为他提供一个"安心夹"，而不是以主观的想法来判断他们的需要。

那么，人最核心的需要是什么呢？对于员工而言是高工资高福利吗？是几句表扬或者荣誉证书吗？都不是，其实人最重要的需求是内心的需要得到满足。就是通过工作获得一种能力和水平上的提升，获得成就感和安全感，希望被认同，被尊重。

我们常常把事情想得很简单，想当然地认为我们的想法就是别人的想法，我们的需要就是别人的需要，这样的想法用在销售和管理上都会造成很严重的沟通障碍。

那么，满足对方的需要，是不是就意味着我们不应该顾及自己的需要了呢？当然不是，而且恰恰相反，我们应该首先关注自己的需要，之后再去满足别人的需要。如果你今天上午在公司办了一件事，是为老总办的，满足了老总的需要；下午又办了一件事，是为客户办的，满足了十个客户的需要；晚上回到家，为女儿办了一件事，满足了女儿的需要。可是这一天下来，你自己的需要一点都没有得到满足，你可能就会产生消极的情绪，就会觉得人活着很累很没意思。那么，这样倒推回去，你觉得活着没意思，你女儿会开心吗？你没有了工作的积极性，你的老板、你的客户

智者言

如果企业能够准确而及时地满足员工的需要，员工对工作自然就会有很高的热情，那么企业整体的业绩就会提高。

能觉得满意吗？所以说，人首先应该满足自己的需要，在此基础上尽力去满足周围人们的需要。

作为企业的管理者，你首先应该明白员工究竟需要什么？究竟应该从什么层面上满足员工的需求，才能够使公司的业绩更上一层楼？你应该竭尽全力地去满足员工的个人需求，尤其是内心需求，之后员工才能满足企业的需求，满足你的需求。

◎ 通用电气价值观——管理是为了成就人

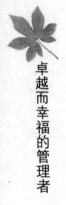

一个员工，早上一起床就想往单位跑，为什么呢？因为公司里有他喜欢的东西，公司能让他实现价值，能让他为未来积累资本，能让他觉得自己有前途。工作的需要其实是这些内心需求的反映，这同时也是将公司的前途、公司的行为、公司的业绩内化为你的个人需求的过程。

情境重现

自20世纪80年代以来，美国通用电气公司的董事长韦尔奇通过大胆的事业重组，使得通用电气成为世界一流的企业，取得了骄人的业绩。美国通用电气公司成功的一个秘诀就是注重选拔和培养领导人才，企业最高层把这一工作作为重中之重。

通用公司内有一个经营开发研究所，可以称得上是一所商业学校。据说该公司每年向这个研究所拨款约10亿美元，每年在此接受培训的人次多达1万，从高级干部到新任经理都要在这里参加培训。董事长韦尔奇直接接受研究所的汇报，董事会共同研究制订研究所的研修计划。而且韦尔奇每月还亲自担任一次讲师，给中层管理者讲课。公司领导人对干部人才的培养如此重视，这在全世界也是罕见的。

曾经接受过培训的通用电气资本爱迪生人寿保险股份公司执行董事兼财务总监西村丰说："在最初接受财务培训时，我甚至连星期六都泡在图书馆，一门心思地学习。公司让我们去研究所学习绝不是为了培养普通的会计事务人才，而是要培养实战型人才，能够预料今后有可能出现的问题并能够科学地制定财务战略。"据说为了提高领导才能，通用公司的高级管理人员还都要在陆军军校接受训练。

那么，通用电气公司要求领导人才具备怎样的素质呢？

该公司在全世界拥有30万名员工，每个员工平时都要随身携带一张卡片，名为"通用电气价值观"卡，卡中对领导干部所下的定义是：痛恨官僚主义、开明、讲究速度、自信、高瞻远瞩、精力充沛、果敢地设定目标、视变化为机遇、适应全球化。这些价值观都是公司开展培训的主题，也是决定公司职员晋升的最重要的评价标准。

通用电气公司选拔和培养人才的方法在外资企业当中是出类拔萃的，其中尤以事业开发人才的选拔最为突出。事业开发人才的主要作用是推行广泛意义上的兼并

第二章 培养幸福思维

和收购战略，其中包括收购企业、设立合资公司、出售企业中的若干部门等。活跃在谈判最前线的就是事业开发经理。

目前，该公司在全世界约有100多名事业开发经理，其规模与大型投资银行的并购部门相比毫不逊色。1981年走马上任的董事长韦尔奇在各个事业部门中都安插了事业开发人才，并且这些人才的数量每年都在增加。用这种方式来有意识地建立企业并购的机制，并且进一步予以完善。

通用电气事业开发人才的选拔方式很特别，几乎所有的事业开发经理都是从外部被"挖"过来的。很多人来自咨询公司或者投资银行，以年富力强的年轻人为主。进入公司后，他们以事业开发经理的身份参与并购，在几年内很快就成为收购后的企业或各事业部门的中层领导。

智者言

管理的目的不是管理本身，而是要有所成就，最主要的就是要成就人，成就了人自然也就成就了事。

通用电气（日本）公司的事业开发部经理负责并购等新事业的开发，而且还定期参加有关事业部人事和资金调配等课题的讨论，在其中发挥协调作用。当韦尔奇等总公司领导来日本访问客户时，事业开发经理也随之前往。他们跟随公司最高领导层参加高级谈判，从中学到很多东西。有时，他们抓住大家在谈判中流露出的一些意向，进一步朝着这个方向做工作，会使得事业开发取得重大成果。例如，通用电气公司与日立制作所和东芝公司在核燃料事业方面的合并，最初就是几家公司的负责人无意中提到的，结果，作为事业开发经理的川上润三等人不失时机地深入开发下去，使这一合作获得了成功。

* * *

所以说，请大家记住一句话，管理的目的不仅仅是使公司协调运转，提升公司的业绩，更重要的是要成就人，为人提供成长的空间。当成就了员工以后，这些人必然会使业绩腾飞，公司兴旺。

"海尔激活休克鱼"——情绪管理聚人心

从心理学的角度来讲，人的情绪对人的工作效率的影响很大。作为管理者，你必须时刻关注你的下属的情绪，了解他们的心理状态。他们情绪好的时候可以交给他们复杂的、需要创意的工作来做：而当他们情绪低落的时候，你应该适当地让他们有空间来调整自己的情绪，不能步步紧逼，不考虑他们的感受，只追求效率。

美国哈佛大学曾经专门派了两名教授到青岛去调查、研究海尔公司。研究了半年，最后做出了一份报告，题目叫《海尔文化激活休克鱼》。就是说海尔是通过文化来激活它收购的那些企业，来激发员工热情的。其实，那些企业在被收购之前都是要资金有资金，要客户有客户，但是最后发展不下去了，就是因为缺少企业文化。

哈佛大学选讲课的专家都是很慎重的，不会把没有真才实学的人请到课堂上来讲，但是，他们邀请了张瑞敏到哈佛为学生们做题为"海尔文化激活休克鱼"的讲座。

关于企业怎样才能长治久安，得到合理的发展，张瑞敏有许多著名的言论和做法。比如，海尔的一线生产工人每天上岗前都要跳圈，要试一试他们的手是不是发抖，通过这个来判断他们今天情绪是不是稳定，这些都是向日本企业学来的。如果员工的情绪不稳定，就可能在流水线上把某一个环节做坏掉。一个产品的环节可能有几十个，如果一个人情绪不稳定，他就可能会把某个部件弄坏，虽然他并不是故意的，但是一定会影响到产品整体的质量和性能。海尔的管理已经管理到情绪上了，这是很人性化的管理方式。

实际上，全世界的生产流水线都应该这样来管理。管理管到情绪上已是很高级的了，但比管理到情绪更高水平的是管理到人心上。比如，某个员工对企业不满意，对奖金分配制度不满意，或者有人欺负他了，他不满意，这种不满意在表面上并不会表现得很激烈。但如果他是负责装冰箱零件的，在冰箱做最后安装的时候，总要把螺丝钉拧好，可他的手劲你是没法检验的，他少用一点力气，拧得松一点，这是检验不出来的。但有可能冰箱出厂后装在车上，运到仓库之后这颗螺丝就松掉了。

张瑞敏说过："假如有10%的员工一边面带笑容，一边心里想拧死你的时候，你这个企业就完了。当企业没有凝聚力的时候，员工表面上不和你捣乱，但心已经散了，你就完了。电影《天下无贼》中黎叔有句话是'人心散了，队伍不好带了'，黑帮的头头儿都知道这个道理，而我们现在的企业家们却没有意识到。他们只知道简单要求人，用规章制度去约束人，但员工可能一边面带微笑一边把螺丝拧松，这是十分可怕的事情。"

张瑞敏把管理到心做到了极致。20世纪90年代末，海尔的一名女工得了癌症，去世前留下遗言："我希望我死后，遗体能够经过海尔的大门。"她最后的愿望就是能够再看一眼海尔。她说："我从小到大都没有得到过尊重，在家里，在学校，我从来不觉得自己是个有价值的人，只有在海尔我才意识到了自己也能得到尊重，自己是一个有价值的人。"当然，这可能是我们的教育制度有问题，我们的老师和家长只要求孩子考重点学校，所以，学习成绩不好的孩子在家庭和学校都会觉得自己是个没有价值的人。但是在学校和家庭没有被重视的人，在海尔得到了尊重，得到了用武之地。一个企业的文化可以做到这样的程度，我们就可以理解为什么海尔能够长盛不衰了。

第二章 培养幸福思维

第三章 修炼管理 **智慧**

做一个卓越而幸福的管理者，其实是一件非常容易的事情。对于管理者而言，如果魅力人格是其卓越的根基，幸福思维是其卓越的前提，那么修炼管理智慧就是其达到"卓越而幸福"这个境界的路径。

明确分工、曲线管理和科学决策是一名卓越而幸福的管理者必须要做到的，做到了这些，不但能够使企业协调高效地运转，同时管理者自己也能够学会放手，利用更多的时间调整身心，收获健康和快乐。

千万别一视同仁

◉ 企业就像一块表——构建层峰组织

层峰组织理论是德国社会学家马克思·韦伯在 1910 年提出的关于如何组织大规模的群体活动的理论。这个理论的主要内容有：组织中的个体有专业化的品质和任务分工；任务要在已确定的规则与程序下完成；每个人只接受一个上级的命令。上级之所以可以获得这个职位是由于他的技术和能力，以及更上一级授予的权力；与顾客和同事的关系应该以组织内特定的规则和程序为依据，个人兴趣与偏好不能影响到这种关系；人事任免只以技术、能力为依据，而不是靠专断独裁。

智者言

企业中的等级分工很重要，而为这种等级分工设立严格的规章制度则更为重要。

所谓组织是指一起工作以便实现共同目标的一群人。例如，企业的高层管理部门作为一个组织，为企业制定目标并形成实现目标的战略。整个企业通过各部门的分工合作以及不同层次的协调工作，运用权力和规章制度，以达到特定的共同目标。

传统的组织定义着重从组织内部来说明组织特征，把组织看成一个封闭的系统，未涉及组织与外部环境的关系，这个定义有三个层次的含义，如图 3 - 1 所示：

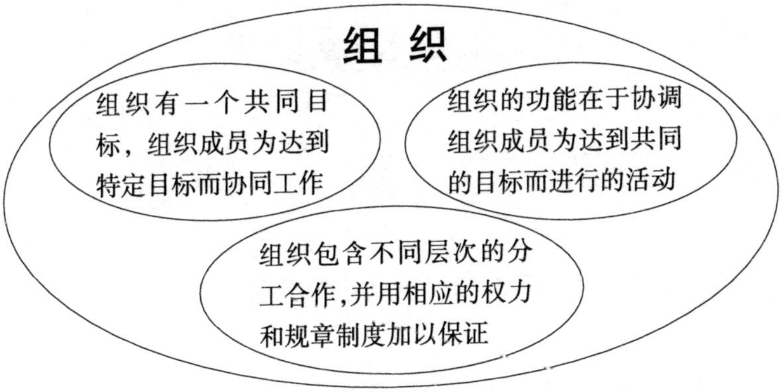

组　织

组织有一个共同目标，组织成员为达到特定目标而协同工作

组织的功能在于协调组织成员为达到共同的目标而进行的活动

组织包含不同层次的分工合作,并用相应的权力和规章制度加以保证

图 3 - 1 传统的组织定义

而现代组织概念则把组织看成是一个开放的社会—技术支持系统，即组织不断与外部环境进行开放式的资源与信息交换，为了适应环境，组织必须不断进行变革。组织这个社会—技术系统，既包括结构与技术方面的内容，也包括心理、社会和管理方面的社会子系统等组成的整合系统，把人员、技术、体制、战略等建立为各个子系统，形成相互依存的关系，调整各个子系统与其环境的关系，使所投入的各类资源有效地为实现组织目标服务，如图 3 - 2 所示。

一个高效的组织应当具备以下这些要素：

● 有明确规定的职权等级制度；

● 分工明确，专业化强；

● 规章制度严明；

● 不受个人情感因素的影响；

● 选拔和提升组织成员的主要依据是才能。

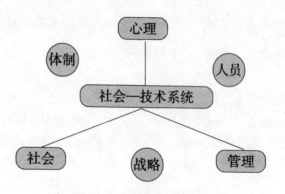

图 3 - 2 现代组织概念

按照韦伯的组织安排理论，在企业中个体部件应是适宜的、可以完成本职工作的，每个岗位都应该养成不等不靠不推托的工作习惯；不胜任者会被立即淘汰或调换岗位；群体配合应是法定的，岗位安排有严格的秩序，不应该出现法定外的串岗，杜绝随意性、不可控性和不可测性，哪怕那些行为是出于相互关心、相互帮助等一些良好的动机。

⊙ 助人为乐的秘书——企业中不准互相帮助

韦伯讲得很清楚："有明确规定的职权等级制度"，同时他还强调必须"分工要明确，专业化要强"，该明确的责任一定要明确，一时明确不了的责任必须是在该明确的都明确了以后再讨论。但是，明确过的责任一定不能再模糊了，保洁员就是保洁员，秘书就是秘书，秘书怎么能去做保洁员的工作呢？

有一家酒店建在一处坡地上，所以勤杂工每天要推着整理车走过一个很大的斜坡，这样增加了很多劳动，勤杂工很辛苦。

有一天，酒店的老总派他的秘书去给各层的负责人送一份文件。这家酒店的管理非常科学，工作人员的行动路线都是固定的，所以秘书往来需要的时间都有一定的标准。这一次老板发现秘书回来的时间比平时晚了八分钟，于是就问秘书是什么原因，秘书回答说："是这样的，老总，我到了楼下以后见到有一个勤杂工推车过斜坡，很辛苦，我就去帮了他一下……"

假如你是这个老板你会怎样？当然要表扬，助人为乐是好事，应该表扬，晚回来八分钟就不予计较了。可是让我们再来看看韦伯的理论：有明确规定的职权等级制度；分工明确，专业化强；规章制度严明；不受个人情感因素的影响。科学的管理是每个岗位都应该自觉养成不等、不靠、不推脱的习惯，不能胜任的时候就要换人，或者调整岗位职责。秘书不应该因为同情勤杂工就去帮他推车，这样分工就会被打乱。群体中的配合应该是法定的，比如这个地方，如果一个人确实推不上去，企业就可以专门再安排一个人在这里，规定他的任务就是助推，专门帮助经过这个斜坡的勤杂工推车，助推也得明确责任。

在我们的企业中，无论领导还是普通员工，潜意识中都觉得应该互相帮助。但其实科学的管理体制是：所有的岗位，都不能随意变动，应该各负其责。这些话说起来很简单、很通俗，可是很少有企业能够下决心做到底。

每一个岗位上的员工只要做完他分内的工作就可以坐下来喝茶、吸烟，那是人家的本事。要倡导这种理念：只要把自己的本职工作做好了，喝茶、看报是允许的。甚至对于业务人员，只要完成了工作任务，就可以天天躺在家里。如果每天在家里休息，只要打一个电话过去就能够拿下上亿的订单，那就可以每天都在家里休息，这是他的本事。

企业家必须有这样一种雄心：把企业管理看成一块表，每一个部件都精准化，每一个部件都是不可缺少、不可替代的。如果一块手表上的秒针对表盘后面的游丝说："你看，每次都是我在前面露脸儿，跟你换换吧！你到前面露露脸儿，我到后面当游丝。"结果这块表的游丝就跑到表盘上来了，秒针确实照顾了游丝的感情，可是这块表也就报废了。如果你的企业、你的组织也一味地情感化，不能坚持原则，那它迟早也要报废。

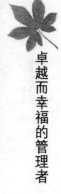
智者言

助人为乐要在没有明确责任的领域，在有明确分工的企业组织中滥用感情、互相帮助是极其不明智的，也是难有作为的。

● 雄狮不猎食——高层就要有特权

企业中经常出现这种情况，员工早上八点来上班，员工到齐了，老板还没有来，企业员工就会在那儿议论："你看，要求我们准时来，他自己不来！"作为管理者，你应该明确告诉员工：

企业对老板的要求和对普通员工的要求是不一样的，对于中层和高层的要求也是不一样的。所以，员工要每天按时来上班，而老板可以不用按时上班。

心理实验

大家都知道狮子是百兽之王，那么，在狮群中是雄狮捕猎还是雌狮捕猎？一般来说是雌狮，但是捕到猎物却是雄狮先吃。吃完食物以后雄狮又会接着睡大觉。你也许要说要这个雄狮有什么用呢？

如果你看过"动物世界"节目你就会知道，雄狮只要在雌狮子和小狮子周围这么一趴，一切都没问题了，不会有外敌来侵扰，豺狼虎豹都不敢来了，只要这个雄狮在这儿睡觉，什么事都不会发生。

一个企业中老总的作用也相当于一个狮群中的雄狮，只要他能在这儿镇着，说明这个企业很健康，有实力，不怕挑战。一个企业的老总如果每天亲自跑业务，累得筋疲力尽，那就说明这个企业有问题。企业管理到最后，老总必然是最清闲的，这才是高效公司中的等级制度。

所以说，老总快到中午的时候来上班，员工也是不应该议论的，因为分工各有不同，企业就要分等级，等员工做了老板，也可以不按时来上班。

企业中的等级制度还体现在报酬上，员工每月拿1500元，老板拿1500万元。所以许多员工心里总会暗暗地说："老板真黑啊！"作为企业管理者，一定要对员工强调：你的工作是老板给的，自然工资也是老板发的，老板给了你一个事业的起点。在联想这样的大公司把你淘汰下来的时候，目前这个公司录用了你，给你一个干事业的平台，虽然你现在只拿1500元这样低的工资，但这毕竟是你的一个起点。通过在这里的工作，把你的业务做熟做精做透，提升你的职业素养，将来你拿1500万元也不是不可能的事情。

当然，企业管理者也应该抱着对员工的感恩之心来管理企业，不应该认为员工为企业工作是理所当然的。总之，在企业中，大家都要怀着感激之心才能工作愉快，取得佳绩。

◉ 皮尔·卡丹旋风——特长管理与组织运作

许多时候，在创业或者是管理企业的过程中，思维僵化是妨碍我们成功的一个很大的麻烦。我们并不应该要求尽善尽美，自己什么资源都掌握，员工都是全能员工，而应该重视现有的资源，把他们开发好，利用好。找到组织中个体的不同特点，以此为出发点来合理配置资源，以取得最大的收益。

许多公司老总都穿过皮尔·卡丹这个牌子的衣服，或者听说过这个牌子。可能很多人都不知道，皮尔·卡丹这个世界著名的品牌并没有自己的服装厂，它本身不生产服装。很多人会认为，要做服装行业的老板，没有车间、没有服装厂怎么能行呢？结果他的结论就是我不能做服装这一行，因为我没有条件。而皮尔·卡丹从身无分文到服装业的龙头老大，他自始至终也没有自己的服装厂。全球生产皮尔·卡丹服装和销售皮尔·卡丹服装的人有

200 多万，200 万人经营一个品牌，这是一个很惊人的数字。皮尔·卡丹认为赚钱和办厂是两个概念，虽然自己没有厂房，但是只要有创意、有资金就可以赚钱了。下面我们来看看皮尔·卡丹的财富故事。

情境重现

皮尔·卡丹是法国著名的时装设计大师，现年已经80 多岁了。皮尔·卡丹先生绝对是一个传奇人物，他的传奇首先在于他的奋斗历程：他刚刚入行时身无分文，50 多年来创下了辉煌的业绩，成为世界顶级服装设计大师。另外，他的传奇还在于他的商业成就，因为世界上几乎没有像皮尔·卡丹那样的先例，集服装设计大师与商业巨头于一身。

那么，皮尔·卡丹是如何从一个身无分文的小人物发展成为今天的商业巨头的呢？他的过人之处首先在于他的胆识。我们大部分人都会认为，要想进入服装产业，必须拥有雄厚的资金和周密的经营策略，否则就很难在服装业立足。然而，皮尔·卡丹则是赤手空拳打天下，他的经营策略也并没什么特别之处。因为他深知，单凭个人的力量是不可能称霸服装市场的，每一个人的精力毕竟都是有限的，而且术业有专攻，每个人都有他自己的特长，不可能面面俱到。所以他决定，他只负责设计产品，然后把设计好的方案转包给国内和国外的生产厂商，通过这样的合作来把他的设计变成产品。而且这样一来，就可以在全世界建立起一个生产皮尔·卡丹服装的"卡丹王国"，借助所有人的力量共同创造皮尔·卡丹的事业。而他本人只是在这个过程中扮演一个开拓者的角色。当然，皮尔·卡丹对自己产品的形象是十分重视的，每个生产厂商根据他的设计生产出来的服装在上市之前都必须交给他确认，之后才能够在百货商场里出现。

除了胆识过人，皮尔·卡丹还是一位拥有敏锐市场眼光和聪明的商业头脑的企业家。他不是仅仅把目光局限在时装设计上，而是时时关注着世界局势的变化及其对服装产业的影响。所以，在开拓市场这方面他永远能够捷足先登，领先于其他竞争对手进入市场。在 1957年日本还没有完全从太平洋战争的废墟中站立起来的时候，皮尔·卡丹就不顾同行的嘲笑，率先在日本开设了皮尔·卡丹公司。到了 1991 年，他在日本的营业收入已经高达 2.5 亿美元。随后，他又预测到中国市场的广阔前景，又义无反顾地踏上了中国的土地。改革开放 30年来，皮尔·卡丹的名字响彻长城内外，成为中国家喻户晓的品牌。同时，他还用在中国赚到的钱买丝绸等布料运回法国，生产出一批具有浓郁东方风情的服装，在本国颇受消费者的青睐。之后，皮尔·卡丹又先后在俄罗斯、印度、越南等国发展业务，均获得了巨大成功，在全世界刮起了一股皮尔·卡丹旋风。

有一种说法叫做同行不同命。同一种行业可以采取不同的方法去做，不同的方法会带来不同的结局。如果以为一个行当只能用一种方法去做，只能走唯一的一条路才能成功，那样只能落入俗套，步人后尘。

我们做生意，要挣钱是绝对的，但采用的具体方式是相对的。不要说想做这件事情就必须如何如何，做这件事情的目的是赚钱，只要能挣到钱，方式可以有很多种。因为你是在做生意，不是开学校，也不是办慈善机构。你应该把挣钱放在第一位，而把挣钱的方式放在更靠后的位置上，不一定非要死守某种方式，而不考虑这种方式是否真正适合自己。皮尔·卡丹创业初期的资源不够，所以他就选择不开服装厂，只做服装设计，同样可以挣钱。

这就是皮尔·卡丹的思路：设计服装之后，还能把服装做出来，把我的服装的声势造出来。他当时到北京开第一家店时，很少有人在中国做跨国生意。他在北京还开了记者发布会，让北京人先认可这个牌子，进而辐射到全国。于是，全国人民都知道了皮尔·卡丹。皮尔·卡丹品牌的特点就是谁都可以加工，中国人可以做，马来西亚人可以做，所有人都可以做，但必须要按照皮尔·卡丹的标准来做，工艺流程、服装规格、用料标准都要按照他的要求。最后，厂商生产出来的每一个批次的产品都要交到总部去验货。只要发现一次不合格，就终止合作，损失由生产厂商自己承担。

实际上，日本的很多企业也是这么做的。像日本的随身听、MP3，甚至是汽车、电脑产品，很多都不是在本土制造的。这种做法给许多创业者提供了产品外包的思路。而且，作为总裁，皮尔·卡丹不用管理工厂，生活得很潇洒，整天在世界各地游历，不会为经营而头疼。他所做的事情就是扩大品牌知名度、推广新产品等一些公共关系上的事务，既清闲又有趣。比如，哪个地方举办时装节，他就把自己新设计的服装弄去做宣传。只是因为他找到了一个新思路、新途径，他的工作和生活状态就大大地得到了改善。

对于皮尔·卡丹的生产厂商来说，他们要的是钱，名字是什么并不那么重要；而皮尔·卡丹则是什么都可以不要，只要一个品牌名称。他不要工厂，不要加工，不要经营，把这些都交给愿意做这些事情的人，让他们经营、加工、销售，但没有牌子，牌子永远是皮尔·卡丹的。

这其实也为加工厂商提供了机会，因为对于一个中小型企业而言，如果你为一个大品牌生产产品，可以缩短你几年甚至几十年的创业过程。有皮尔·卡丹给你一个闪亮的名片，很多人会来买你制作的服装，你就挣到钱了。如果非要树雄心立壮志，创出自己的牌子不可，可能一辈子也挣不到那么多的钱。

这个道理用在企业管理上也是一样的，假如你手下的一个员工特别喜欢机械，特别喜欢制造，没事的时候就喜欢搞点小制作什么的，你可以考虑分配给他一些需要动手的工作，比如说安装拆卸之类的事情。因为他对这项工作感兴趣，又擅长，他做这项工作也最容易得到认可，因为你和他自己都对他做这件事有信心。假如你手下的一个员工很浪漫，不愿意做机械性的东西，不愿意受到限制，而且他的创造性思维很强，你就可以给他分配一些需要创意的工作，比如组织活动，写策划案之类的，同样他也会做得得心应手。假如你手下的一个员工的人际关系特别好，无

论在哪个部门都能如鱼得水，而且他比较喜欢管理，喜欢处理一
些行政上的事务，你就可以让他做一个
部门或是一个项目的负责人。你根据手
下各类人的性格特点和特长来给他们分
配适合他们的工作，这样你就会把他们
各自的天性和企业的目标有机地结合起来。在此之前，你应该下
很大的工夫把你的下属的优势和特长一点一点地发掘出来。要确
保你发现的优势确实是他们最擅长的，这样的管理才是最成功、
最有效的。

第三章

修炼管理智慧

有所为有所不为

⊙ 老总旁听例会——少与老员工交流

上级和下级之间，是交流越多越好，还是交流越少越好？怎样交流才好呢？我们先来看一个案例：

情境重现

王女士是某百货公司的中层主管，她分管其中的一家分店。按照这家百货公司的惯例，每周一早上各分店要开例会，由分店主管主持。某个周一早上，公司老总一上班就来到了王女士负责的这家分店，对她说："小王啊，你今天要好好管理啊！不要懈怠啊！"王女士回答说："OK!"

"不要说外语，讲中国话。"

"好的。"

"好，你开会吧，我旁听一下。"

于是王女士开始开会："各位同事早上好，我们把上周的工作总结一下，然后布置本周的工作任务……"这时总经理打断了她，说："是不是所有的分店都这样开例会的？你有没有创新呢？"王女士回答说："总经理，我只是偶尔主持一次，一般都是由当天值班的部门经理来主持这个例会……""我不来还不知道呢！你偶尔开一次，那还能行？"总经理十分不满地说，"以后注意！"

王女士听了心里不是滋味，心想既然已经授权让我管理分店，还来掺和什么，效益没下滑不就得了，这样的小事有什么好说的。

如果一个老总每天盯着下级说话做事，会让下属觉得他太多管闲事。而且下属会觉得老总对他极端的不信任，说句话都得盯一盯、看一看。尤其是业务熟练、责任心强的老员工更会有这样的感受，这样做甚至会伤害他们的自尊心，使他们失去了原有的工作热情。

请大家记住：领导什么事都做往往表明他不信任下属。一个当领导的不应该在盯着员工做事这方面过于勤奋，没事的时候就到这儿转转，到那儿看看，提醒小张两句，责备老李两句。你觉得自己很勤奋，很用心，可是三年五年过去了，你手下一个诚心诚意为你办事的人都没有了，因为所有人都觉得你不信任他。

可是话又说回来了，如果上下级没有交流，公司也不能正常运转，那么到底上下级多交流好、还是少交流好呢？有人会说应该适度交流，话不要多说也不要少说，不要一抓就紧、一放就松，要适度。那么这个适度交流的"度"又在哪里呢？

这个问题确实不好回答，但是如果引入时间概念，那就可以迎刃而解了。上下级之间应该多交流还是少交流要视合作的时间长短而定，换句话说就是要看下级究竟成长到了哪一个阶段。管理心理学中的曲线管理理论就是将信息和时间要素相结合的科学管理理论。

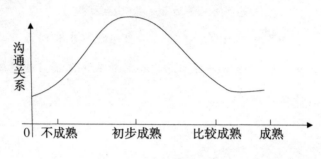

图 3 - 3　管理曲线

图 3 - 3 中横坐标表示的是员工的成熟度，纵坐标表示的是上下级之间的沟通行为，曲线表示的是在员工成长的不同阶段上下级沟通的参与度。

一个员工进入企业以后，其成长过程分为四个阶段，即不成熟阶段、初步成熟阶段、比较成熟阶段和成熟阶段。管理上的交流，不单单是多好还是少好的问题，也不是适度才好的问题，正确的做法是：在员工的不成熟阶段，上下级之间的沟通一定是上级高参与，员工低参与，也就是说这个时候员工对沟通的参与程度较低，主要是上级为员工传达一些规章制度和企业文化。从图中可以看出，这个时期的员工最不成熟，参与度也最低。等到员工从不成熟向初步成熟过渡的时候，一定要循序渐进地与他们进行交流，此时员工的参与度增强，所以双

智者言

最初要多交流，等下级熟悉了自己的业务之后适度交流，经过长时间的磨合适应，上下级之间可以只在必要的时候交流，大多数时候都能够达到不言自明的默契程度。

方的交流曲线开始上扬，到了第三个阶段——比较成熟阶段，这时上下级之间的交流最为和谐，最为成功，不再是单纯地上级说，下级被动地接受，而是真正意义上有来有往的交流，并且员工开始成为交流中的主要角色。到了员工的成熟阶段，交流的曲线下滑下来，因为上下级之间已经形成了默契，不需要多少交流工作就能够正常进行。

图 3 - 3 还也可以用表 3 - 1 来表示：

表 3 - 1　曲线管理不同阶段中上下级的沟通情况

不成熟	初步成熟	比较成熟	成熟
Ⅰ单向沟通	Ⅱ双向沟通	Ⅱ双向沟通	Ⅰ制度 监督 少交流
Ⅰ命令式	Ⅱ说理式	Ⅱ参议式	Ⅰ自动式
低任务 低关系	高任务 高关系	低任务 高关系	低任务 低关系
只布置 不讲解	既布置 也讲解	不布置 自动参考	长久自转 省心

分别用一句话来概括这四个阶段就是：第一阶段（不成熟期），多交流、多布置、多强调，我说你听，不准插嘴；第二阶段（初步成熟期），多交流，我说你听，可以插嘴；第三阶段（比较成熟期），多交流，你说我听，听你的；第四阶段（成熟期），配合默契，谁也不说，自动自觉，大家省心。

● 抓好最初一个月——对新员工可以霸道

在公司的人力资源管理中，员工刚到公司的时候，尤其是开始的一个月，一定要着重单向沟通，把企业的要求，他所在岗位的规章制度告诉给他，不容许他提出质疑，这个阶段非常重要，一定要霸道地对待新员工，让他们明确企业的规定和文化，这样才能够确保他们在今后的一段时间内可以按照企业的要求成长。

心理实验

假如你是一家企业保洁部的负责人，你负责公司办公楼的保洁工作。办公楼一共有十层，每层有一个保洁员，这几天一楼的清洁工辞职了，公司又新招聘来一名保洁员。

你们公司早上八点钟上班，那么保洁员一般七点半就要来上班。第一天来上班的保洁员需要你来指导一下，所以你应该在七点半之前到公司。如果这位新保洁员第二天七点半来上班了，但是没有见到你，你七点四十才到，那他会得出一个什么结论？"这个企业管理不严，可以钻空子。"如果你在他之前就到了公司，他来的时候看见你在那，他的第一感觉是什么？"幸亏我今天按时来了，千万不要想在这个企业里钻空子。"初入企业者的这个第一感受是其以后了解企业文化，确立工作态度的基础。

我们来假设一下你跟这位新来的保洁工的对话：

"你来了？开始打扫吧！"

"好！"

"从外往里扫！"

"怎么扫不都一样吗？"

"不一样，必须从外往里扫！"

因为刚来，他不敢跟你顶嘴，他只好从外往里扫。他扫了一会，你又说：

"站住，扫地不能这么扫。"

"我扫了多少年了，怎么不能这么扫？"

"扫帚不能离地，那样会扬尘！"

"哦，好的。"

"养成习惯，从今天开始，扫把不能再离地，不能再扬起尘土了。"

他扫完了地又开始拖地，这时你又发现了问题：

"停！"

"怎么了？"

"用劲儿太大了！"

"用劲儿大才能干净啊？"

"污水都弄到墙裙上了，用力要适度，不能使太大的劲儿！"

"行行行，轻轻地……"

"等等！拖地不能前前后后这样拖。"

"那怎么拖？"

"得倒着拖。拖过的地方一点都不要再踩到。而且要平着拖，保证一点死角都没有。"

"好的，以后就按照您的要求打扫。"

这样交代完了，这位新员工就知道了扫地时要从外往里扫，扫帚不能离地，拖地不能太用劲儿，而且要倒着拖。第二天你还应该早早就来，因为人的许多细微的习惯是下意识的，只要你能够监督他三五天，他的原来的习惯就会改变。所以，到了第二个星期你就不必早来了，因为他已经按照公司的要求养成了习惯。

可是，假如在他第一天入职的时候你没有去，他扫地扬尘已经"扬"了一个星期了你才发现，这时候再过来告诉他，已经来不及了。而且你走到这儿，有一搭没一搭地说："别扬啊！""别用太大劲儿啊！"他会觉得这是你个人的要求，或者这是你临时的想法，并不是公司的规矩。你以为告诉他了，但是他觉得根本没有人告诉他公司有什么规范。在三个月以后、甚至在半年以后，再去教育员工，再去告诉他一些公司的基本规章制度，到了那个时候，就根本没有一点用处了。

因此，上下级刚开始合作时一定要多交流，尤其是最初的一个月，一定要彻底、全面地交流，甚至要不讲道理地交流。

卓越而幸福的管理者

所有的管理都最终要做熟。由"生"、"半熟"到"熟"，形成一条曲线，伴随着这个过程，上下级之间的交流也要形成一条曲线。

智者言

员工在刚刚入职的时候，他的心理预期就是等着你来教育他，改变他。

从心理学的角度讲，人一般会在环境改变时寻求自身的改变。比如到一个新单位，人们常常会想：新单位、新老板一定会提出与我以前所在的单位不同的要求和规范，我得按照人家的要求去做。孔子讲："不愤不启，不悱不发，举一隅不以三隅反，不复教也。"意思是说教师应该把握住教育的实质，应该在学生最需要教育的时候去教育他们。

新员工来到你的企业，他们自然有学习的愿望，此时你就应该抓住时机好好地为他们讲解工作守则，传授工作方法，而如果等到他们养成了不好的工作习惯时你再去指导教育他们，就已经于事无补了。

◉ 曲线管理——人人自动自发

正如管理曲线理论所说的，只要员工最初明确了企业的基本要求，之后的一段相当漫长的时间里，你都可以"无为而治"。企业不是你一个人的舞台，不应该只有你一个人操心，而是应该人人参与，大家负责。

····· 情境重现 ·····

艾森豪威尔将军做事情以实用为原则，他为后人做出了"无为而治"的好榜样。

诺曼底登陆之前，有一位军官对他说："我们要登陆，将军你看行不行？"艾森豪威尔一点都没有将军的架子，他用商量的语气对那位将军说："你为什么要登陆呢？"那位军官回答说："为了从敌人后方进攻。"艾森豪威尔又问："为什么要从敌人后方进攻呢？"得到的回答是："这样阻力最小。"将军又问："阻力最小能带来什么好处呢？"军官回答："阻力最小，伤亡就最小。"于是艾森豪威尔说："那好，你已经把话说得天衣无缝了，为什么还要我来作决定呢？"军官回答说："那我就去了，将军。"

在整个谈话过程中，艾森豪威尔没有提一个建议，没有做一个决策，都是他的下属在说，都是他的下属在做决策。他谦虚地询问，耐心地诱导，用的是"无为而治"的曲线管理方式。

几次战役中他都是问身边的将军："我们为什么要空降？"

"因为空降最迅速。"

"那我们的伤亡会有多少？"

"我们的伤亡可能会有三成。"

"三成伤亡要死多少人？我们的损失是不是有点大？我们能不能采用别的办法让它降为两成或一成呢？"

艾森豪威尔在整个二战过程中，总是用这种不做结论的、不指责别人的、诱导的方式去解决战术上的问题。他总是让别人说，让别人把理由阐述清楚，让别人来得出最终的结论。这样既能够避免他自己的主观判断失误，造成严重的损失，又能够使他把更多的精力放在战略决策的事情上。

* * *

我们现在很多人，尤其是企业的高层领导都喜欢自己说了算。可是，当你什么事都作决定，手下的人只有听命于你，自己却不能有什么创见的时候，你的下属的主动性、积极性就都被你压制了。因为你在你的下属向你请示或者汇报工作之前就已经得出了结论，你甚至压根儿没有听完你的下属要跟你说什么。

为什么有些企业员工磨洋工、阳奉阴违，跟主管对着干？因为主管太勤奋了，员工觉得自己得不到信任。对处于成熟期的员工来说，主管依然在监控，依然按对待不成熟期的员工的方式来对待。员工既已到了成熟期，就不应该再从头盯到尾了，而应该给他们自由发挥的余地，充分信任他们。

第三章 修炼管理智慧

◎ 360 度评价——统一组织的价值观

公司价值观听起来好像是个很深奥的概念，但其实它并不难理解。拥有公司的价值观是指员工在日常的工作中，能够用公司统一的价值标准和行为方式来处理问题，以公司的利益为最高利益，以公司的需要为最大需要，与此同时，个人的利益和需要也得到满足。

情境重现

世界著名的美国通用电气公司，要求所有的干部都要认可本公司的价值观。该公司人事部的最大作用在于保持本公司员工价值观的统一，增强其作为公司一员的归属意识。为了培养作为本公司一员的归属意识，为了培养代表本公司文化的领导干部，通用电气在培训方面可谓不惜血本。

在培养接班人方面，该公司有一套独特的做法。对员工的业务安排是通过与上司的面谈和部门内的讨论来决定的。尽管对员工的评价是由工作绩效和价值观两部分组成的，但是公司更注重的还是员工所具有的价值观。在这一过程中，"360度评价"可以称得上是通用电气公司的一大特色。每个员工都要接受上司、同事、部下以及顾客的全方位评价，对一名员工的评价需要由大约15个人分五个阶段做出，评价的最主要标准是日常工作中是否按照公司的价值观行事。董事长韦尔奇明确表示："即使工作成绩出色，但如果不具备公司的价值观，那么这样的人公司也不会要。"

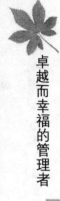

卓越而幸福的管理者

智者言

具有企业统一价值观的员工，也许业绩平平，但他的心是属于企业的，会与企业同忧患，同飞翔。

目前，国内几乎所有企业的员工考核都是以绩效为标准的，而对员工的企业价值观的考核几乎为零。通用电气公司评价员工不是单凭业绩，更重要的是通过价值观，是要看这个员工是否爱这个企业、对公司的价值观是否理解并认同。而不是像我们一样把为公司拉来多少订单、为公司创造多少效益作为主要的评价标准。

决策其实很容易

◉ 少决策——转移矛盾

组织的决策应该由谁来做？好多人觉得这个问题的答案不言而喻，当然是管理者。那么，我们先来看一个案例：

情境重现

有一天，李大人向康熙揭发："皇上，我最近发现粮食大总管张大人贪污了。"康熙会怎么做？如果按照我们现在许多企业家的思路，就会立刻去查，找到证据，然后把张大人抓住杀头、诛九族。如果这样做大家会对你怎样评价？大家都会觉得你是个暴君。

我们来看看康熙是怎么做的，康熙说："真的有这件事吗？那你愿意不愿意明天上朝的时候把这个事情说出来？"李大人自然不愿意，所以康熙对他说："那就等一等吧。"过了两天，马大人上奏皇上说："张大人贪污粮食了！"康熙问他："你有真凭实据吗？"马大人回答说："微臣是听说的。"康熙摆摆手说："那就不用再说了！"又过两天，黄大人又来说张大人贪污的事情，康熙问他："你愿意不愿意站出来举证？"黄大人回答说："我愿意！"

第二天早朝，黄大人当着文武百官的面说："我检举总管粮食的张大人贪污公粮，这是票据……"康熙于是问道："这个事情该谁管？"群臣回答："都察院。"康熙说："那好，交给都察院去办吧！"

都察院一查，查到张大人贪污的证据，于是把张大人抓起来杀头、诛九族。最后，百官都觉得是黄大人害死了张大人，要是他不举证不就没事了？

康熙当了一辈子皇帝，很少自己做决策。所以，康熙能做60年皇帝。康熙总是这样，有人说出了一件事情，他就说："嗯，我知道了。"那人又问："皇上您说怎么办？"康熙说："我不说怎么办，你说怎么办？"康熙当了60年皇帝，90%的决策都是他的下级帮他做的。

智者言

把决策权交给下属，你获得的不仅仅是解决问题的方法，而且能够转移矛盾，深得人心。

康熙曾经讲过一条管理原则：你是做皇帝的，全国的一把手，如果所有事情都要经过你决定，那么矛盾就势必特别集中。应该把矛盾化解到周围200个大臣身上，这样就有了200条线。

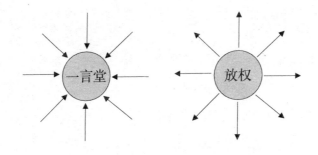

图 3 - 4　矛盾的方向

◉ 少取多舍——远离纷扰

我们各行各业都对自己的职业有不同的说法：当演员的说演员有潜规则，当老师的说讲课口干舌燥，当领导的人说忙得没时间吃饭。为什么呢？都是因为工作不得要领，没有做好。凡是埋怨自己职业的人，都是因为他们没有把工作做到游刃有余。做老板怎样才不累呢？就是只做该做的决策，放权下去，把一部分事情的决定权交给别人。

那么，什么样的事情要老板亲自决定，什么样的事情可以交给下属来决策呢？管理者与员工决策的事情有什么不同呢？我们先来看一个心理实验。

心理实验

假设你的企业中目前有四件事情需要决策：

A. 企业生产车间进料加工的原料从哪里采购？卖往哪里？卖给谁？

B. 电工班进口一批德国原装的工具，怎么分配？汽车班购进几辆新车，谁开新车谁开旧车，怎么决定？

169

由谁来决定？

　　C. 工会出了一个麻烦事：今年旅游，去黄山、还是去华山？大家意见各半，五百多人说去黄山，另外五百多人说去华山，投了几轮票都达不成共识。

　　D. 为了提高明年的效益，企业要进行改革，工资、股份、奖励、人事岗位调整等，现在有多种方案，谁来决策？

　　先来说说工会负责的这件事：去黄山还是去华山？当然首选民主投票，但是民主投票的结果使情况更加复杂。大家的决定就是五百人想去黄山，五百人想去华山。怎么办？分开去肯定不可能，企业一定要有组织、有纪律，行动要一致。哪都不去？那就可能群情激奋，弄不好要罢工。这时候作为领导，你说："好，不要再争论了，华山在陕西，黄山在安徽，现在是冬天，北方太冷，还是去黄山吧！"

　　第二天，大家知道了领导的决定，五百人心中不痛快。你身为领导，决策一件旅游的事情，就让五百人心中不快。如果是要分汽车、分房子呢？因为你一个人的决策，让他们没有开上好车，没有住上大房子，他们可能会有更大的情绪。因为有一半人的权利被你剥夺了。那之后对你的议论就多了："肯定是老总的孩子想去黄山！""老总新来的女秘书想去黄山，要不老总能那么快决定去黄山?!"这样的议论不但容易激化矛盾，而且严重降低了工作效率。那么去哪儿旅游这件事到底由谁来决策，该怎么决策呢？假如你的工会主席跑过来问你：

"老板，去黄山还是去华山呢？都投了几轮票了，也定不下来，现在大家都说我办事不力，要用的车也不知道该怎么安排，公司事务也不知道怎么安排……"这时候你怎么决策？

幸福的领导会说"找个硬币，想去华山和想去黄山的各派一个代表，在全体大会上抛硬币决定。"想去华山的选了硬币有图案的那面，想去黄山的选了有字的一面，结果硬币一抛，图案那面朝上，去华山。想去华山的人当然欢呼雀跃，想去黄山的人肯定不能怨别人，自己只能认命，自认运气不好，但是不至于心中不痛快，避免了企业的矛盾。以后也不会有人议论这件事了，因为没什么可议论的，要议论也是议论自己运气差，可有谁愿意总是把自己运气差挂在嘴上呢？这件事情到此结束，没有人再去说它了。

美国心理学家迈尔曾经对此进行过研究，迈尔提出，决策可分四种类型：

表3-2　决策的四种类型与决策者

决策类型	决策者
高质量、低认可	管理层、专家
高认可、低质量	班组长、君主
低质量、低认可	抛硬币、抓阄儿
高质量、高认可	民主集中

①高质量、低认可的事情

所谓高质量的事情就是对企业的生存至关重要的事情。比如，一家生产电脑机箱的企业，如果作为原料的塑料质量不过关，即使模具再好、工艺再先进也会出问题，一定要把好这一关，这对企业的产品质量至关重要。但是，这种事情与员工的利益没有直接的关系，企业从哪里进原料，跟员工关系不大，员工没有参与这种决策的愿望和要求。这种事情对整个企业而言，是高质量、低认可的事情，所以这件事情应该由管理层和专家来做出决策。那么企业的"领导"与"管理层"、"专家"是不是一个概念呢？

不是一个概念。举例来说明领导做决策与管理层和专家做决策的不同之处。诸葛亮式的领导凡是需要做决策的时候都会这样布置："张经理，你去北京；李经理，你去上海。这里有几个锦囊，你们各自收好出发吧！"这个过程就是领导在作决定。

曹操式的决策管理，则说："袁尚、袁立已经跑到边塞了，怎么办？"这个时候，郭嘉就开始出主意，荀彧、许攸、夏侯惇就开始出主意。曹操是靠管理层来作决定，靠专家来作决定。曹操的管理类似于现在的美国总统，他有一个智囊团，事先都会经过"头脑风暴"，然后拿出一个方案。

领导作决定时切不可独断专行，一定要有中层和专家的帮助。这个专家，不一定是学者，可以是有远见、有实战经验、又有理性基础的一些人。

②高认可、低质量的事情

所谓高认可、低质量的事情是指与员工的个人利益关系很大，员工的参与热情很高，但是对企业的发展没什么影响的事情。比如买进来一批新车要分给谁开，哪个车间用新设备等，这些事情都属于高认可、低质量的事件，对企业发展没有影响。因为不管谁来开，企业的汽车总共就那么多，不管哪个车间用新设备，都能够为企业创效益。谁来开，谁来用，与企业本身的发展没有什么联系。对于这种事情，迈尔认为：应该发挥班组长和民主的作用，通过参与决策，达到尽可能高的认可。在这些事情上，领导千万不要去管，更不要做决策，管得过多、管得过细，不但得不到员工的认可，而且在与企业发展关系不大的事情上浪费了自己的精力。

情境重现

比如你的公司最近新买进一辆奥迪 A8，在谁来开新车的问题上，大家都有自己的看法。如果这时候你说："让张师傅开新车吧。"其他的人一定会开始议论，因为人的心理就是这样，开不成新车，就要为自己寻找一个开不上新车的理由。老王说："为啥小张开奥迪，咱五个都开面包车？"小李说："你不知道，小张的妹妹最近跟领导走得很近？"小陈又说："小张上个月刚给领导送了两瓶酒！"老赵又说"小张过去跟咱们领导是一个部队的。"这样做只有小张师傅一个人能够认可这件事，其他的人都不能够认可。所以，这种事还是应该由公司的司机自己商量决定，不能强行指派，那是极不明智的做法。

③低质量、低认可的事情

像旅游这种事情，对企业来说就是一种低质量、低认可的事情。因为这件事与企业的未来发展没有直接的关系，与员工的切身利益也并非密切相关。所以去哪里旅游对企业而言属于低质量、低认可的事情。在企业中，这类事情反而最多。正如前面所说的例子，企业中为去哪里旅游的问题发生了分歧，有人想去华山，有人想去黄山，但是选择了一个地方，并不表示想去另一个地方的人的利益就受到了伤害，这只是个偏好问题，没有什么绝对不行之说。实际上，两边的人只是在那儿争，并不一定很当真。因此，不必要花精力，只要随机决策就行了。可以抛硬币或者抓阄儿来决定。企业领导对这样的事情不闻不问是最明智的，交给工会处理。这样一来自己节省精力和时间，而且能够落下好名声，不会因为自己的一个无关紧要的决策被员工说三道四。

④高质量、高认可的事情

比如企业的股份制改造、企业的人事定岗、员工的工资以及奖励，这些事情与企业的效益、未来前途和员工个人的发展都有着密切的关系。员工很关心、同时又关系到企业未来发展的这类决策，既要有民主参与又需要最后由管理层决策。这一部分才是企业中真正需要通过民主集中来决策的事情。千万不能什么事情都依靠民主集中，这样做事情的效率反而最低。

表3-3 企业四类事件的决策类型

需要决策的事件	决策人
企业的进料和销售	管理层、专家
一个电工班的新工具分配	班组长
公司的旅游	抛硬币
企业改革方案	民主集中

以上是从管理上，从决策的角度列出的解决企业问题的四种方案。现在回过头来看，其实企业中的每一件事情都能够归入这四种类型，哪些事情该管，哪些事情不该管，管理者应该心中有数。因此，要做好决策，首先要明确：这个决策由谁来做？怎么去做？什么时间做？在哪里做？这些是决策者必须要事先搞清楚的。

◉ 坐下来耕地——走出勤奋的误区

勤劳是中华民族的传统美德，很多人都强调："我就是个勤奋的人，我就是不喜欢懒人。"但是，其实有时候过于勤奋并不是好事。心理学研究表明，容易患类风湿性关节炎的人大部分是过于勤奋的人，由于他们对关节的过度使用，最后把关节给异化了，关节的自身免疫系统出现了异常，因此就不能再动了，最后反而不得不那么勤劳了。

心理实验

日常生活中很多时候我们都推崇勤奋，而忽视了人本性的东西。比如一位妈妈让孩子把几个碗从餐厅拿到厨房，这位妈妈觉得孩子一次可能拿不了这么多，于是对他说："你分几次拿过去吧！"可是孩子觉得他可以一次把这些碗都拿过去，结果他打碎了两个碗。于是妈妈说道："你这孩子就是懒，多跑几次怕什么呢？"

这种事情是我们生活中常有的事，孩子下次就会任劳任怨地多搬几次，到他有能力一次把碗都搬过去的时候他也不太敢于尝试了。其实，虽然孩子把碗打碎了，但是他的这种动机是值得肯定的。他相信自己有这种能力，而且通过这件事他会知道自己还需要不断努力，自己离成功完成这件事还有一定的距离。可是，经过妈妈这样的训诫，他试一试的勇气没有了，而且以后也不会有尝试的勇气了，因为妈妈已经都他定了标准，定了结果。

我并不是让大家不勤劳，而是应该适度勤劳，不能蛮干，不讲方法，不考虑内心感受和客观的现实需要。任何良好的品质都不能表现得过头，一旦过了头，势必走向事物的反面。

现在很多女性都像前面提到的那位妈妈一样以勤劳为美德，尤其在家庭生活中更是勤勤恳恳，任劳任怨，但是她们不知道向现实学习。其实，每次干完活以后我们就应该考虑：这件事能不能用更简洁的方法去做，能不能提高效率呢？我们的企业也是一样，认为勤劳的员工就是好员工，但是往往勤劳的员工想出来的点子最少，劳动的效率最低。所以说，我们的企业不要以勤劳作为终极的美德，而应该是以效率作为终极的美德。

我们的祖先如果每次想喝水都跑到河边捧起水来喝，喝完了下次渴了再跑去，勤劳是勤劳了，可是这样世世代代喝下去，喝了成千上万年，也还是要跑到河边去喝水，我们现在的水桶、水车、水渠就都不会被发明出来。而这些发明的初衷肯定是"可以少跑几趟"或者"只跑一趟"这样"懒惰"的想法。

据说，一百多年前，有个叫汉弗莱·波特的少年，人家雇他整天坐在一台蒸汽发动机旁边，让他每当操纵杆落下来时，就把废蒸汽放出来。他是个懒汉，觉得这个活儿太累人，就在机器上装了几根铁丝和几个螺栓。这样，阀门就可以靠着它们自动开关了。这么一来，不但他可以脱身走人，玩个痛快，而且发动机的功率也提高了一倍。他就这样懒洋洋地发现了往复式发动机活塞的原理。现代农用机械都带有座位，起初想到安装座位的绝不会是一个勤快的农夫，他们才不在乎整天在地里走路呢，这个主意最先肯定是由想坐着干活的人想出来的，正是懒惰激励了发明。

人类动机的研究者弗兰克·B.吉尔布莱思常常把各行各业优秀工人的劳动动作拍成影片，由此观察某一工序最少可以用几个动作完成。他发现，最优秀的工人毫无例外地都是懒汉，他们懒得连一个多余的动作都不肯做。勤快一些的工人的效率要低得多，因为他们不在乎把力气花在多余的动作上。所以，工厂的老板和生产线上的主管都应该记住这句话：最优秀的工人毫无例外的都是懒人，因为这样的员工"懒得连一个多余的动作都不肯做"。一个称职的领导也同样懒惰：凡是能吩咐别人为他干的事，他绝不躬亲。

这些省事的发明，都是懒惰的人发明出来的。所以说勤劳有时是误事的，懒惰有时也是有非凡意义的，但它是有别于我们平常所说的偷懒的，是和"什么事都不做，耍小聪明"有本质区别的。

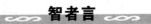

智者言

走出勤奋的误区，以优质高效作为终极美德。

第三章 修炼管理智慧

● 9-1型领导——弱化情感因素

我经常跟学生们讲凡事要做到"适当",这个"适"字的写法是一个"舌"字加一个"走"字,也就是言行要一致。领导一个企业要做到适当,也是要言行一致,你说的必须能做到。而且,你所说的必须能够帮企业发展壮大。

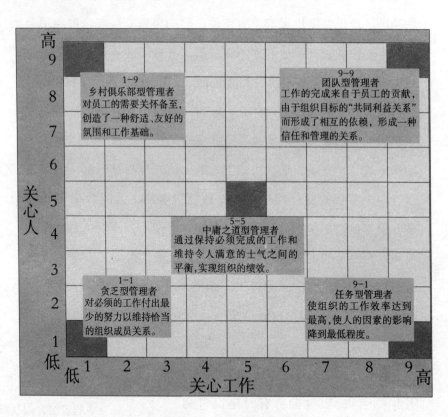

图3-5 管理方格

管理方格理论是由美国得克萨斯大学的行为科学家罗伯特·布莱克和简·莫顿在 1964 年提出的。管理方格图的提出改变了以往各种理论中"要么以工作为中心，要么以人为中心"的绝对化观点，指出在对工作关心和对人关心的两种领导方式之间，可以进行不同程度的结合。

　　这一理论研究企业的领导方式及其有效性，倡导用方格图表示和研究领导方式。他们认为，在企业管理中领导者往往会出现一些极端的方式，要么以工作为中心，要么以人为中心。为避免趋于极端，克服以往各种领导方式理论中的"非此即彼"的绝对化观点，他们指出：在对工作关心的领导方式和对人关心的领导方式之间，可以有使二者在不同程度上互相结合的多种领导方式。为此，他们自己设计了一张纵轴和横轴各 9 等分的方格图，如图 3-5 所示，纵轴和横轴分别表示企业领导者对人和对工作的关心程度。从原点开始，第 1 格表示关心程度最小，第 9 格表示关心程度最大。全图总共81 个小方格，分别表示"对工作的关心"和"对人的关心"这两个基本因素以不同比例结合的领导方式。

　　如图 3-5 所示，1-1 方格表示对人和工作都很少关心的领导；9-1 方格表示重点放在工作上，而对人很少关心的领导；"1-9"方格表示重点放在满足职工的需要上，而对指挥监督、规章制度却重视不够的领导。

"5－5"方格表示对人的关心和对工作的关心保持中间状态的领导，他们只求维持一般的工作效率与士气，不积极促使下属发扬创造革新的精神。"9－9"方格表示对人和工作都很关心，能使员工和工作这两个方面都最理想、最有效地结合起来的领导。这种领导方式要求创造出这样一种管理状况：职工均了解组织的目标并关心其结果，从而做到自我控制，自我指挥，充分发挥工作积极性，为实现组织的目标而努力工作。

除了那些基本的定向外，还可以找出一些其他组合。比如，5－1方格表示准工作中心型管理，比较关心工作，不太关心人；1－5方格表示准人中心型管理，比较关心人，不太关心工作；9－5方格表示以工作为中心的准理想型管理，重点抓工作，同时也比较关心人；5－9方格表示以人为中心的准理想型管理，重点在于关心人，也比较关心工作。

根据企业管理者"对业绩的关心"和"对人的关心"程度的组合，可以将领导分为五种类型：

A. 贫乏型管理者：也就是1－1型。他们对业绩和对人关心都很少。实际上，他们已放弃了自己的职责，只想保住自己的地位。这类领导属于虚弱型的领导。

B. 乡村俱乐部型管理者：也就是1－9型。他们对业绩关心少，对人关心多。他们努力营造一种人人得以放松、感受友谊与快乐的环境，但对如何协同努力以实现企业的生产目标并不热心。这类领导关心人，不关心工作。只有一定的文化交流，个人的价值体现在人际关系上，而不体现在业绩上。因此这种管理简单、容易控制。

C. 中庸之道型管理者：也就是5－5型。既不偏重于关心工作，也不偏重于关心人，风格中庸，不设置过高的目标。团队有一定的士气和适当的工作量，但并不是卓越的。这类领导属于保守型的领导，喜欢保持一种工作和生活状态的平衡，他们不求多赚钱，喜欢在咖啡屋里边品着咖啡边欣赏钢琴演奏。

D. 任务型管理者：也就是9－1型。对业绩关心多，对人关心少，他们眼中没有鲜活的个人，只有需要完成工作任务的员工，他们唯一关注的只有业绩指标。

E. 团队型管理者：就是9－9型。对工作和对人都很关心，对工作和对人都很投入。在管理过程中把企业的需要同个人职业的需要紧密结合起来，既能带来生产力和利润的提高，又能使员工得到事业的成就与满足感，他们总是像在战场上，斗志昂扬，被称为"战斗集体型"领导。但是要达到这种境界，就要有超人的精力和热情，而往往是热情终会冷却，充沛的精力也不是每天都能保持，所以这种领导在疲惫之后的副作用更大。

一个好企业、一个有效率的企业、一个长治久安的企业、一个能赚钱的企业、一个没有内耗的企业，应该对人和对工作达到多大程度的关心呢？许多人会觉得9－9型的领导是最好的，如果做不到那么优秀，5－5型的领导也是可以接受的。大家一般会选择这两种答案：9－9型，对人也很关心；对工作也很关心。5－5型，对人适当关心，对工作也适当关心。

但生活中并不是什么事情都取个中间值才叫适当。管理者的主要精力应该放在哪里才适当？我们认为，企业中应该把人的因

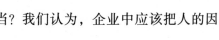

智者言

企业中和钱无关的因素越少，赚的钱越多；和钱无关的因素越多，赚的钱越少。因此，在与人合作的时候，要低调、要拉开距离、要弱化情感因素。

素降到最低，把工作的因素放到最高才叫适当，所以，9-1型的领导最适合企业的发展。

因此，凡是最好的企业、最好的领导都是最关心工作而把情感因素弱化的。在他们的企业中，人的因素体现得最少，工作才是管理者和员工关注的焦点，比如华为、比如平安保险。

企业不是讲感情的地方，感情应该拿到家里去跟父母讲、跟孩子讲、跟爱人讲，企业的目标就是赚钱。凡是开始的时候称兄道弟的上下级，后来都可能不长久。比如刘备总是说："咱们都是亲弟兄啊！不分彼此，你们好好干！"可是曹操看见许褚来投奔，马上给他封官，赏给他钱物，后来许褚生病了，曹操去看他，许褚想：主公亲自来看我啊！对曹操感恩戴德。而张飞病了，刘备去看他，张飞会想：你怎么才来啊？咱们还是弟兄呢！刘备一开始就把感情的基调提高了。

因此，企业老板千万不要笼络下属，不要过多地强调你们之间的情感联系，而应该坚定地在物质方面许诺：跟我干有好处。一个人，总是用感情去维系周围的人，就会很累，得不到更广大的人心。因此，做事情的时候，尽量降低感情因素，降低人为因素，这才叫适当。

延伸阅读

关注企业家所需，精选高层参考

《中国式团队》

合理、合适、和谐，用中国文化塑造中国人的团队

"团"和"队"有本质的差别：团只是人的集合，而队是具有协同一致的力量的团体。形成"团"并没有意义，形成"队"才能发挥效力，中国式团队必须立足于中国人的人性特点。在书中，曾仕强教授不仅分析了如何构建中国式团队，更鲜明地指出如何做团队中的中国人。

作者：曾仕强　定价：36.00 元　ISBN：978-7-301-12557-1

《六维领导力》

一部可评估、易学习的领导力提升读本

将领导力变成一个可分解的六力模型组合，令实践者可以比对各自的领导力板块组成状态，有针对性地提升个体的领导力短板，并且能够将管理者按照综合评估倾向进行优质配置，优化企业的管理队伍，让合适的管理者在合适的领导岗位上发挥效用。

作者：杨思卓　定价：39.00 元　ISBN：978-7-301-12732-2

《管理者情商》

为什么 IQ 高的人并不都是成功者？
为什么智力平庸的人反而取得成功？
20%的 IQ（智商）+80%的 EQ（情商）=100%的成功

本书浅显易懂地讲解了提高EQ的简单有效的方法，有助于企业家与中高层管理者充分认识自我，并通过提升个人的EQ水平，提高管理绩效。

作者：余世维　定价：32.00 元　ISBN：978-7-301-09595-3

《激励员工全攻略》

让员工自动自发的 10 大方法

本书提供的一套科学和人性化的激励员工的办法，能最大限度发挥员工的创造力，让员工和企业双向受惠，只要激励到位，每个人都是太平洋，每个人都是喜马拉雅山！

作者：胡八一　　定价：36.00 元　　ISBN：978-7-301-12592-5

《管理王道》

崇尚王道，百战百胜；崇尚霸道，虽胜犹败

为什么秦、隋二世而亡？为什么汉、唐能有天下数百年？同是少数民族入主中原，为什么元代短命而清朝长寿？

原因是：前者行霸道，后者行王道。霸道得天下，瞬间即失；王道得天下，四海皆服。"管理王道"是世界管理发展的新趋势；王道管理，代表着管理学往大智慧的回归。

作者：吴甘霖　　定价：36.00 元　　ISBN：978-7-301-12766-7

《1P 理论》

跨越 " 蓝海 "、切掉 " 长尾 " 的赢利捷径，
网状经济时代的全新商业模式

为什么企业少收或不收目标顾客的钱，甚至找钱给顾客还能赚钱？是当今时代网状经济的特质造就了企业零价格销售照样赢利的奇迹！北京大学光华管理学院王建国教授独创的1P理论突破传统4P营销思维，提出了与当今网状经济时代匹配的崭新商业模式，为企业的经营管理者带来了新的思路、出路与财路！

作者：王建国　　定价：39.00 元　　ISBN：978-7-301-11642-5

《高情商团队》

组织的成功不仅取决于团队的高智商，
更取决于团队的高情商，情商比智商更重要

团队情商的高低决定了团队核心竞争力的强弱。研究表明，一个团队之所以成功，20%在于团队智商，80%在于团队情商。团队情商并不等于领导者个人情商的放大，也不是一个团队所有成员情商的叠加，而是对团队整体的情感资源的管理。所以，提升对团队情感资源的管理水平，是现代组织管理者的必修课程。

作者：马晓晗　　定价：39.00 元　　ISBN：978-7-301-12875-6

● 博雅故事 ●

　　我们是博雅光华，作为北大出版的一个子品牌，我们专注于管理培训图书的出版，为中国企业提供性价比最高的培训产品。我们立足本土原创管理佳作，诚意打造培训类图书第一品牌。依据对中国企业培训需求的研究，结合培训界与学术界的研究成果，根据企业不同层级的培训对象和需求，我们架构出中国企业培训书架，满足高层参考、中层管理、基层培训要求，提供战略、营销、人力资源、财务、行政、销售、岗位技能等一系列图书。

蒙牛内幕
作者：张治国
定价：49.00 元
ISBN：978-7-301-09175-3

中道管理
作者：曾仕强
定价：58.00元
ISBN：978-7-301-10736-2

领袖性格
作者：余世维
定价：42.00元
ISBN：978-7-301-13111-4

1P 理论
作者：王建国
定价：36.00元
ISBN：978-7-301-13550-1

青梅煮酒论领导
作者：赵玉平
定价：39.00元
ISBN：978-7-301-13504-4

搞通财务出利润
作者：史永翔
定价：58.00元
ISBN：978-7-301-12103-0

做最好的中层
作者：吴甘霖 邓小兰
定价：36.00元
ISBN：978-7-301-12124-5

达成目标有方法
作者：姜洋
定价：39.00元
ISBN：978-7-301-13466-5

战略执行看中层
作者：林正大
定价：32.00元
ISBN：978-7-301-13238-8

博雅四季